Les histoires étonnantes
d'Eding

Joseph Akoa

Les histoires étonnantes d'Eding

Illustration : Patrice Ebodé (Delmonté)
Couverture : Christopher Delaval

Edition : BoD - Books on Demand
12/14 rond-point des Champs Elysées
75008 Paris
Imprimé par BoD – Books on Demand, Norderstedt
ISBN : 9782810628773

Dépôt légal : Avril 2016

A Odile Ntolo Abena et François Akoa Manga,
ma mère et mon père.

Moi, Eding, j'ai trente ans. Autant vous le dire tout de suite, je suis Camerounais, immigré en France depuis deux ans. J'habite à Courcouronnes, près de Paris. Mon appartement est situé au troisième étage de l'immeuble rose, juste en face du Square de la Besace.

Je suis éboueur et heureux de travailler à Siredom, le syndicat qui s'occupe de la propreté de la ville. J'ai un salaire moyen, il me permet de bien vivre et d'envoyer des mandats Western Union tous les mois à ma mère au Cameroun. Mes collègues disent que mon français est moyen et ma plume incertaine. Mais je m'en fous. Je leur demande souvent: « Est-ce que le cadavre sent sa propre odeur ? C'est vous qui dites que je ne parle pas bien français, tant pis pour vous, les autres comprennent ce que je dis.» J'ai cassé mon Bic en classe de troisième, à la mort de mon père, c'est comme ça que l'on dit que l'on arrête les études dans mon pays. Ma taille également est moyenne, mais justice m'a été faite. En effet, la nature m'a donné « quelques kilos en trop », comme on dit sur des sites de rencontre, ici en France. Je suis gros.

J'ai deux passions: raconter des histoires et une femme, Anna. Mon cœur est attaché, ligoté, enchaîné par l'amour que j'ai pour cette femme. C'est elle qui m'a adjuré d'écrire toutes les histoires que je lui raconte pour qu'elle ne me quitte pas. Et Anna, ce n'est pas le genre de femme qui lance des paroles en l'air comme ça pour s'amuser. Elle tient ses promesses. Moi, je me dis toujours que si le baobab existe encore de nos jours dans mon village, c'est qu'il n'a pas cherché à résister aux vents.

Afin d'éviter de faire chambre commune avec les bisbilles, palabres et polémiques qui sortent de la bouche d'Anna comme le vent quand elle est en colère, jai décidé d'écrire les histoires que je connais.

Depuis deux semaines, Anna est en colère contre moi, on dirait une abeille qui voit un homme voler son miel. La raison de sa colère, c'est ma mère. J'ai enfin décidé de dire à ma mère que j'aime Anna. Dans mon village, même à trente ans, il faut l'accord de sa mère pour se marier. Et les femmes de mon village, quand elles sont contre quelque chose, même après un siècle et deux ans, elles seront toujours contre.

Le problème pour ma mère, c'est qu'Anna est Blanche. Pas blanche comme ma cousine Melingui qui dépigmente sa peau avec le lait de toilette *Movate* ; ce produit nigérian l'a blanchie en trois mois. Pourtant, Melingui était Noire comme l'ébène du Mozambique depuis trente ans et trois mois. Anna est Blanche comme le Père Engilbert, le premier missionnaire Blanc venu d'Alsace qui s'est installé dans mon

8

village avant l'indépendance du Cameroun. Celui-là même qui a dit aux habitants animistes qu'ils avaient un nouveau Dieu et que son Fils est mort sur la croix pour sauver de leurs pêchés tous ces villageois polygames, sorciers, féticheurs et fornicateurs. Le petit frère de mon grand-père n'était pas d'accord, lui le grand guérisseur du village avait cinq femmes dont deux veuves héritées à la mort de son cousin. Il avait interpellé le Père Engilbert :

- Ton Dieu, là, est-ce qu'il est Noir comme moi ? Est-ce qu'il parle ewondo ? Est-ce qu'il connaît les traditions des Enoa, notre ethnie, hein ?

Le missionnaire lui avait répondu que son Dieu a créé tout ce qui existe et même ce qui n'existe pas, donc il comprend l'ewondo et connaît la culture des Enoa. Et ceux qui le suivent iront tous au paradis, après la mort.

- Moi, je ne veux pas aller là-bas au paradis, quand je vais mourir. Je vais aller retrouver les miens, mes ancêtres Enoa. Et mon grand-oncle avait ajouté:

- Comment ton Dieu n'a pas pu sauver de la mort, ses frères et sœurs, sa mère et tous ceux qu'il connaissait bien, et moi qu'il ne connaît pas, il viendrait me sauver ? Hein ? Pardon, passe ton chemin, laisse-moi tranquille, je ne changerai pas ce que je suis. Notre village a beau changer, le chat ne pondra jamais !

Le missionnaire Blanc était rouge de colère, comme l'écrevisse du Wouri à Douala. Et pour le punir il lui avait dit :

- Pour racheter tes pêchés, je te condamne à casser les pierres qu'on va utiliser pour construire la maison de Dieu.

Mon grand-oncle s'était enfui dans la forêt qu'il connaissait mieux que le missionnaire, en criant :

- Si ton Dieu ne peut pas construire lui-même sa maison, pourquoi l'autre jour tu m'as demandé de prier pour qu'il m'aide à construire la mienne ?

Moi, je n'étais pas là quand cette histoire s'est passée, je n'étais même pas encore né. C'est le petit frère de mon grand-père lui-même qui me l'a racontée de sa propre bouche. D'ailleurs tout ça, ce n'est pas mon sujet, je m'embrouille les idées. Il faut que je vous raconte pourquoi Anna est en colère. Là, mon récit part dans tous les sens et ce n'est pas bien. Les pattes de derrière doivent suivre celles de devant, sinon l'animal ne sait plus où il va.

J'ai donc acheté une carte téléphonique *Lebara* pour appeler ma mère. Lorsque je lui téléphone, j'en ai pour une heure au minimum. Il faut toujours qu'elle me donne des nouvelles de tout le village, et des villages où ses sœurs sont allées en mariage, de ses champs d'arachide, de l'état de la tombe de mon père... Je lui ai donc annoncé la bonne nouvelle : mon amour passionnel et absolu pour Anna. Mais ma mère a sa propre logique de la vie.

- Eding, tu veux épouser une Blanche ? Dis-moi, tu es devenu fou ? Tu es sûr que ta femme blanche, là, ne t'a pas fait le gri-gri des Blanches pour te charmer ? Hey, mon feu mari, une femme blanche a marabouté notre fils.

- Mais...Je l'aime, maman.

- C'est quoi l'amour, tu peux me définir l'amour ? Est-ce que tu connais la vie ? Vos enfants vont parler quelle langue ? Qui va leur apprendre l'ewondo et nos traditions ?

- Mais maman, ils vont parler la langue qu'ils veulent, le français, l'anglais même le chinois !

- Hey ! Mon fils, tu veux me tuer de honte ! Pourquoi le vaccin contre la honte n'existe pas encore, mon Dieu ? Donc je n'aurais jamais de belle-fille ? Est-ce que tu sais que les jeunes femmes blanches divorcent tout le temps ? Tu veux être le premier homme divorcé de notre village ? Est-ce que ta femme blanche, là, sait préparer le Zom que tu adores manger ? Est-ce que qu'elle sait cultiver le champ d'arachide, sait-elle tenir la houe ? Mon fils, tu vas verser la honte sur ma tête, ici au village !

- Mais on peut trouver des solutions pour tout ça !

- Quelles solutions ? C'est toi qui veux m'apprendre la vie, maintenant ? Laisse-moi te dire une chose : on n'apprend pas à nager à un poisson ! Tu crois que c'est parce que tu vis en France que tu vas m'apprendre la vie, à moi ta mère ? La sagesse n'est pas un comprimé qu'on avale, tu comprends, Eding ! Tu veux des solutions ? Moi j'ai déjà une solution pour toi. Tu connais Germaine, la femme de l'ami de ton feu père. Celle avec qui je fais la tontine ici au village ?

- Oui, maman.

- Elle a une fille. Je te dis que si tu la vois, tu vas l'aimer, toi qui tombes facilement amoureux. Une belle fille ! En plus, elle est brave. Si tu voyais le grand champ d'arachide qu'elle a fait cette année, on ne dirait même pas que cette fille-là a une licence en droit. J'ai déjà discuté avec ma copine, elle est d'accord pour qu'on arrange votre mariage.

Cette nuit-là, j'ai résumé ma conversation à Anna.

- Et toi, m'a-t-elle demandé, qu'est-ce que tu en penses, es-tu d'accord avec ce que dit ta mère?

- Peux-tu parler à ma mère pour la convaincre que tu es une fille bien?

- C'est ton problème, Eding, pourquoi veux-tu que je lui parle? Si je comprends bien, tu vas faire ce que ta mère a dit !

Anna s'est levée, les yeux pleins de larmes, avant de me dire : « Je rentre chez moi, oublie-moi, va épouser ta Camerounaise. Tu es un raciste, un pauvre éboueur et un gros raciste ! »

Au moment où Anna s'est retournée pour ouvrir la porte, mon regard s'est posé sur son dos, puis, sur son derrière. Je ne vous ai pas encore parlé du derrière d'Anna ! C'est l'avatar des fesses de Shakira et de Lady Ponce réunis. Moi, je suis fou, raide dingue, du derrière d'Anna. Alors, je me suis mis à genoux et je l'ai suppliée :

- Pardon, ne me quitte pas, reste avec moi, tant pis pour les enfants qui parlent ewondo, je me fous des champs d'arachide, du Zom que j'aime manger, du divorce et de tout le reste.

Mais Anna est quand - même partie cette nuit-là avec son derrière de Shakira et Lady Ponce. J'étais malheureux. Comment un vrai Camerounais comme moi peut-il perdre une femme qui a une chute de reins comme ça ! Le lendemain, je lui ai téléphoné pour l'inviter au restaurant afin de palabrer, comme font les amoureux dans les romans photos du magazine *Nous-deux*. Elle a accepté en précisant :

- Ne m'invite pas au *Mc Do*. Tu aimes trop aller là-bas, on dirait que tu ne connais pas d'autres restaurants à Courcouronnes.

Anna avait un peu raison pour le *Mc Do*, mais je ne pouvais pas non plus l'inviter *Au plat d'étain*, le restaurant gastronomique en face de la caserne des pompiers. Ça coûte trop cher là-bas, pour rien. Un jour, j'y ai emmené Anna, j'ai commandé du poisson. Ils ont donné un nom compliqué à ce poisson. Ça s'appelait « roulade de lotte au safran et son émiettée de poivron jaune ». Est-ce que vous comprenez quelque chose à ce nom ? On m'a servi un petit poisson, maigre comme s'il avait eu la diarrhée, le paludisme, et même l'Ebola des poissons, avant qu'on le pêche ! Et puis, leur poisson n'avait pas d'arêtes, ni de tête ! Ils ne savent pas que nous les Camerounais, on aime manger la tête du poisson ? Et si le poisson n'a pas d'arêtes, comment je vais vérifier la théorie de ma mère qui dit qu'un garçon devient un homme quand il peut manger son poisson sans qu'une arrête ne se coince dans sa gorge !

C'était décidé, j'emmènerais Anna *Chez Wu*, le restaurant chinois situé non loin du Lycée Brassens. Là-bas, c'est buffet à volonté et ils acceptent tous les moyens de paiement. La semaine dernière, mon collègue sénégalais a même payé avec les Francs Cfa. Le Chinois lui a dit en souriant : « Est-ce que ce n'est pas de l'argent quand même, mon frère ? » Moi, j'ai demandé à mon collègue : « Comment tu peux payer en francs CFA, ici en France, hein ? Il y a des gens en Afrique qui disent à la télé qu'ils ne veulent plus du Franc Cfa, parce que c'est de la monnaie de singe. »

Le jour de notre rendez-vous avec Anna, un samedi midi, je me suis arrangé pour arriver au restaurant avant elle. J'avais mis ma veste *Dolce & Gabana* qu'elle aime bien. Je m'étais noyé dans le parfum *Classique de Kiotis* qu'elle m'avait offert pour le premier mois de notre rencontre. J'étais beau et habillé comme un sapeur congolais, à Château Rouge à Paris.

Chez Wu, il y avait une ambiance particulière, un groupe d'Africains discutait bruyamment autour d'une table. J'ai reconnu ma cousine Melingui, celle qui se blanchit la peau. Mais j'ai immédiatement remarqué qu'elle n'était plus blanche, ni noire, le produit Movate n'avait plus d'effet sur son épiderme, celui-ci s'était rebellé, mais ne retrouvait pas sa couleur d'origine.

C'était devenu un mélange de bleu et rouge : une sorte de violet. Melingui m'a reconnu et m'a tout de suite appelé.

- Eh mon frère. Aïe ! Tu es beau aujourd'hui comme le poisson frais qui sort du fleuve ! On sent que la France te sourit, regarde comment tu es gros ! Viens te joindre à nous. On fête le retour d'un compatriote qui rentre définitivement au Cameroun, après ses études de médecine.

- C'est génial ! Mais, je n'ai pas le temps, j'ai rendez-vous avec ma fiancée, je te remercie quand-même.

- Mon frère, j'ai un service à te demander, comme tu as le talent pour bien raconter des histoires. J'ai raconté l'histoire du pont de notre village à mes amis, mais ils sont sceptiques.

- Ma sœur, je t'ai dit que je n'ai pas le temps.

- Où est-ta fiancée ?

- Elle n'est pas encore là.

- En attendant, comme tu dis que tu n'as pas le temps, viens nous raconter

Je n'avais pas le choix. Si tu n'écoutes pas ce qu'une fille de mon village te dit... Je me suis assis avec le groupe d'Africains pour leur raconter l'histoire du pont de mon village.

LE PONT DU DEVELOPPEMENT

La rivière Soumou roulait furieusement ses eaux jaunâtres, sortant de son lit pour inonder la forêt. C'était le début de l'*Oyon,* la petite saison des pluies, au village Nkol-ébaè. Les précipitations étaient si abondantes cette année-là, que les plus anciens du village disaient n'avoir jamais vécu un tel *Oyon*. Même les guenons, habituées à jouer au bord de la rivière, s'étaient réfugiées sur les cimes des palétuviers. Le village était coupé en deux. Dans leur furie, les eaux de la Soumou avaient emporté les pirogues accostées sur les rives, seul moyen pour traverser. Les filets de pêche aussi avaient dérivé avec les flots. Les pêcheurs étaient en colère. Les planteurs de cacao n'avaient pas pu vendre leur récolte, car l'*Angara*, le grand marché, avait été annulé. Les élèves n'allaient plus à l'école de l'autre côté parce que personne ne pouvait traverser la Soumou, ni à la nage, ni en pirogue.

Awoumou était assis avec ses cousins sur des bancs en bois usés à l'*Apollo Bar*, autour d'un vieux transistor. Ils buvaient du vin de palme en écoutant la retransmission du match de foot opposant les *Lions indomptables* du Cameroun aux *Diables rouges* du Congo, à Yaoundé. Du ciel tombaient des cordes, l'eau finissait par traverser le toit de raphia du bar et les gouttes terminaient leur parcours dans des écuelles posées au sol pour les recueillir.

Quand il pleuvait, les *vrais hommes* ne restaient pas à la maison l'après-midi pour écouter seuls le football à la radio. Ils allaient tous à l'*Apollo Bar*, l'établissement de Mema Odile, la présidente de la tontine du village. C'était un petit troquet accolé au domicile familial de sa tenancière. Dans ce lieu s'agrégeaient tous les commérages et les rêves chimériques des hommes de Nkol-ébaè. On y buvait du bon vin de palme, on mangeait du poisson d'eau douce pimenté, cuit dans des feuilles de bananier et, surtout, le poste radio avait toujours des piles.

« Buuut de Roger Milla !!! » hurla la voix du journaliste à la radio. Explosion de joie à l'*Apollo Bar*. Tous les occupants s'étaient levés dans un bel ensemble, criant « Hilyoooo ! ». Certains s'embrassaient en se frottant le front contre celui du voisin, d'autres entonnaient des chants patriotiques en levant les bras au ciel. Awoumou sautait de joie, esquissant le geste d'un footballeur qui jongle de la tête. Soudain, une douleur effroyable irradia son bas-ventre, étranglant ses testicules. Se tordant de douleur, Awoumou heurta le banc sur lequel était posé le transistor qui explosa à terre.

Mema Odile jeta un coup d'œil effaré en direction du poste radio, étalé façon puzzle sur le sol.

- Qu'est ce qui se passe, Awoumou?

- Mema Odile, il faut m'emmener à l'hôpital des Chinois à Mbalmayo. C'est ma crise de hernie qui a recommencée.

- Ta hernie-là ne pouvait pas attendre un autre jour, Awoumou ? On va faire comment pour traverser la Soumou, avec cette inondation ? demanda un des cousins.

Essomba, cheveux grisonnants, visage émacié, l'un des pêcheurs du village prit la parole :

- Mettons-le dans une brouette jusqu'à la Soumou, et après, je vais traverser à la nage avec lui. Il faut taper le tam-tam pour demander aux frères qui sont de l'autre côté d'apprêter une autre brouette et de nous attendre.

Aussitôt proposée, l'idée du pêcheur fut acceptée. Le tam-tam résonna dans la forêt, transportant à travers les gouttes, entre les lianes et les arbres, le message de la maladie d'Awoumou. Deux jeunes furent désignés pour pousser la brouette jusqu'à la rivière.

Il pleuvait encore, la terre n'avait plus soif. La piste reliant le village à la Soumou était couverte de flaques d'eau. A moins de cent mètres de la rive, les visages des jeunes qui poussaient la brouette commencèrent à montrer des signes d'inquiétude. L'eau couvrait entièrement le sentier. L'écho des gémissements d'Awoumou résonnait sur l'eau qui avait inondé la forêt et se diffusait à travers les grands arbres.

Essomba, le pêcheur, demanda aux jeunes d'arrêter la brouette. Les bras croisés sur sa poitrine, du regard, il fit le tour de la forêt noyée. Un rictus se dessina sur ses lèvres, il secoua la tête avant d'annoncer :

- Ça ne vaut pas la peine, on ne pourra pas traverser la rivière à la nage. Si au moins on avait un pont ! On peut bien mourir de ce côté à cause de la crue.

Il avança jusqu'à la brouette et fixa Awoumou, accablé de douleur, qui bêlait comme un mouton qu'on offre en dot pour une fille de Nkol-ébaè. Son corps était fiévreux, ses paroles incohérentes.

- Arrête de pleurer comme un enfant, Awoumou, il faut supporter la douleur, montre moi où tu as mal.

Awoumou désigna son entre-jambe de son index osseux. Les deux jeunes baissèrent son pantalon jusqu'aux genoux. Il ne portait pas de sous-vêtement. Ses testicules étaient aussi gros que les mangues sauvages à maturité.

- Aïe ! cria Essomba. C'est quoi ça ? Ehh ! Par ma mère qui m'a accouché et qui est partie chez les fantômes, je n'ai jamais vu pareils testicules !

Il leva les bras au ciel, puis claqua les mains en secouant la tête avant d'ajouter :

- Comment on va faire pour soigner une maladie pareille ici au village ? Il faut aller à l'hôpital à Mbalmayo. Quand je vois comment tes testicules ont gonflé, j'imagine qu'on va t'opérer. Comment on va faire pour payer l'hôpital ? On n'a pas pu vendre le cacao à cause de cette rivière. Nous n'avons même plus nos filets pour pêcher le poisson, ni nos pirogues, tout a été emporté dans la furie des eaux. Si au moins on avait un pont !

Quelques minutes plus tard, Awoumou cessa de gémir. La douleur avait fait une trêve. Il voulut se redresser et s'asseoir, mais la brouette perdit l'équilibre et se renversa. Le ventre d'Awoumou toucha l'eau en premier, il essaya de se relever en suffoquant lamentablement.

- On va rentrer au village, mon frère, dit Essomba. On va aller voir le guérisseur pour qu'il te fasse une décoction d'écorces de l'Essingan, l'arbre sacré, ça calme la douleur.

Deux mois plus tard, à la fin de *l'Oyon,* un samedi matin, tous les habitants du village s'étaient réunis à la chapelle de la mission catholique. C'était la réunion du Comité de Développement de Nkol-ébaè : le Codenko.

Ce Comité avait été créé par des ressortissants de Nkol-ébaè partis en ville, afin de développer leur village. Les membres se réunissaient une fois par mois à Yaoundé. Ce samedi-là, c'était une réunion exceptionnelle qui se tenait au village. Tous les habitants de Nkol-ébaè avaient été traumatisés par le décès d'Awoumou, survenu au village, à la suite d'atroces douleurs. Un seul point était à l'ordre du jour : construire un pont sur la Soumou.

Ruben Evenga, le président du Comité avait prit la parole en premier. C'était un fonctionnaire, professeur de lycée à Yaoundé, respecté de tous :

- Mes frères et sœurs et tous les autres, nous sommes réunis ici ce samedi, pour réfléchir ensemble et trouver une solution pour construire un pont sur la Soumou. Est-ce que quelqu'un dans la salle a un autre point important à ajouter à cet ordre du jour ?

Mema Odile, la présidente de la tontine leva le bras.

- Président Evenga, j'aimerais que tu ajoutes un point important à l'ordre du jour. Certains jeunes hommes de ce village, une fois qu'ils ont un peu d'argent, abandonnent leur femme soit pour fumer du chanvre indien, soit pour aller gaspiller leur argent avec des prostituées à Mbalmayo. Dans tous les cas, on ne les voit plus ! Si on ne traite pas ce dossier, je vous dis que leurs femmes vont toutes partir !

Une rumeur éclata au fond de la salle, où étaient assis des jeunes hommes. L'un d'eux se leva :

- Mema Odile, la seule femme qui sait où se trouve son mari chaque soir est une veuve !

Les jeunes hommes du village éclatèrent de rire, d'autres applaudissaient.

- Silence ! hurla Ruben Evenga. Mema Odile, on parlera de ce problème à la fin de la réunion. La situation est simple. Cette année, le village s'est appauvri davantage à cause de la Soumou. Vous n'avez pas pu vendre toute la récolte de cacao, en plus, à cause de l'humidité, le cacao a pourri dans les sacs. Les enfants ont manqué l'école, personne n'est allé au marché, des gens sont morts dans leur maison, les pêcheurs ont tout perdu, le village est coupé en deux, etc. Il nous faut absolument un pont sur la rivière.

- Moi, je suis contre le pont ! dit le guérisseur du village.

- Pourquoi tu ne veux pas de pont ? Demanda le président.

-Le pont apportera le développement au village, je suis d'accord, et je ne suis pas contre le développement. Mais, mes frères et sœurs, ce que je vais vous dire est vrai. Il s'arrêta, toussa pour concentrer davantage l'attention sur lui, avant de continuer : avec le pont viendront aussi les problèmes. Nous avons l'une des dernières forêts vierges du département. Si on construit le pont, ça va attirer les exploitants forestiers qui trouveront là l'occasion de venir piller nos arbres centenaires ! Les arbres sont notre richesse. C'est avec leurs feuilles et leurs écorces que nous soignons les malades. Ils vont tout piller ! Même les animaux de la forêt vont tous fuir !

Il fouilla sa poche et sortit une petite fiole en plastique. C'était de la poudre de tabac. Il en versa une petite quantité sur l'ongle de son pouce et inspira en fermant les yeux, avant de s'asseoir.

-Qui d'autre est contre la construction du pont ? demanda Evenga Ruben.

Un vieillard leva le doigt. C'était un ancien combattant. Il avait participé à la deuxième guerre mondiale dans l'armée coloniale française.

Polygame, il avait cinq femmes et était aussi jaloux que le perroquet dans les fables racontées aux enfants de Nkol-ébaè, le soir autour du feu. Il se leva. C'était un homme svelte comme une liane, son casque colonial vissé sur la tête pour cacher une vilaine cicatrice, souvenir de la grande guerre.

- Comme vous le savez, moi j'ai fait la guerre. J'ai traversé des pays plus que tout le monde ici au village. J'ai lavé mon visage dans les eaux de la Mer Rouge. Quand je parle, c'est mon expérience qui parle. Et moi, je préfère vous dire ce que je pense et ne pas le garder dans mon ventre, car comme disaient nos parents, « celui qui dort avec les démangeaisons dans l'anus, se réveille le lendemain avec les doigts qui puent ».

Il marqua une pause, observant la réaction des participants. Personne ne pipa et il continua sa déclaration.

- Construire le pont sur la Soumou suppose qu'on va aussi construire la route et s'il y a une route, cela suppose que des chauffeurs qui font le transport en commun vont passer au village. Vous-mêmes vous savez que ce sont des gens qui aiment beaucoup les femmes, ils vont prendre nos femmes et nous laisser des maladies sexuellement transmissibles !

Les éclats de rire fusèrent de partout. Ces rires contagieux avaient provoqué un tohu-bohu spontané dans la salle. Le président Evenga dut faire preuve de toute son autorité pour ramener le calme.

- Maintenant que vous êtes calmés, est ce que quelqu'un a d'autres propositions à faire ? demanda le Président du Condenko, sinon, je considère que la majorité est pour qu'on construise un pont sur la Soumou.

Dans la salle, certains étaient là pour qu'on les remarque, d'autres attendaient le repas à la fin de la réunion, et ils souhaitaient que les discussions ne s'éternisent pas. Ceux-là avaient souvent, dans leur poche ou sous leur robe, des sacs en plastique dans lesquels ils mettaient subrepticement une cuisse de poulet, une boule de plantain pilé ou un morceau de poisson frit. Il y avait surtout ceux qui étaient venus pour réfléchir et participer au développement du village. Enfin, il y en avait quelques-uns qui voulaient rappeler aux autres villageois qu'ils savaient parler français. Ils se disaient cultivés et voulaient se différencier des autres. Dans cette catégorie, il y avait Alfred qui demanda la parole :

- Mes frères, mes sœurs, même si je vis ici au village, je suis différent de vous, vous-mêmes vous le savez !

Il marqua une pause, mit les mains dans les poches de son pantalon mi-blanc, mi-gris, mais qui jadis fut blanc. Il toisa la salle en dessinant une grimace avec ses sourcils, avant de continuer.

- Si donc z'enfin je me suis restreint de parler depuis le début, je ne voudrais pas abuser de mon savoir. Si donc z'enfin je me suis retreint, disais-je, je m'abusive au-dessus de mon indice verbal, et je me sensiplojure auprès de mon aloge, je m'exprimerai rédactionnellement et épistolore !

Une partie des membres du Codenko se leva pour applaudir. Certains dans la salle étaient analphabètes. Ils admiraient Alfred pensant que ses propos avaient du sens en français. Mais cela irrita le Secrétaire Général du Codenko, François Akoa Manga :

- Alfred, si le chanvre t'a complètement abimé le cerveau, il ne faut pas venir troubler la réunion.

- François, tu es qui pour parler quand je parle ? Même si tu es un grand fonctionnaire à Yaoundé, ici au village, je suis ton aîné, donc tu me dois du respect. Tu ne dois même pas ouvrir ta bouche sans mon autorisation, selon notre tradition. Si tu parles encore, je te punis et je te condamne à me donner un mouton bien dodu ! Moi, je suis un incompris, je suis le plus français des habitants de Nkol-ébaè.

- Excuse-moi, Alfred…

- Voilà qui est sage, qui a le décorum, essentiellement pourvu d'étiquette comportementale et traditionnellement épistolore. Ah ! Vraiment, ma place n'est pas ici, dans ce village, ma place est à l'Académie française. Maintenant, François, je te donne l'autorisation de parler. Toi-même tu sais que je ne peux pas te faire du mal, tu es un petit frère que j'aime beaucoup. Est-ce que la colère du pénis détruit le vagin ? Ma colère c'est juste pour te rappeler la tradition.

Mema Odile entonna un chant. Toutes les femmes se levèrent et chantèrent en frappant dans les mains. C'était comme ça qu'on calmait les tensions pendant les réunions du Codenko.

Après cet intermède musical, le président du Codenko donna la parole à tous ceux qui le souhaitaient. A la fin, les participants décidèrent de constituer une délégation de trois personnes, pour demander une audience au Ministre des travaux publics à Yaoundé et solliciter une aide de l'Etat du Cameroun, pour la construction d'un pont sur la Soumou. Anaba, un des fils du village, technicien dans une entreprise de travaux publics à Yaoundé, fut chargé de faire un devis pour la construction du pont.

Deux semaines plus tard, la délégation du Codenko était reçue au Ministère des travaux publics, par le patron des lieux. Le Ministre avait
28

expliqué à la délégation que l'Etat du Cameroun ne pouvait pas construire le pont sur la Soumou. François Akoa Manga, le secrétaire général du Comité avait pris la parole, découragé et déçu.

- Excellence, Monsieur le Ministre, expliquez-nous pourquoi nous ne pouvons pas avoir un pont dans notre village.

- Croyez-moi, Monsieur, si je pouvais, je vous aiderais. Nous n'avons pas de budget pour un tel projet. Et même si les financements étaient disponibles, je ne peux pas financer un projet dans votre village. Comment voulez-vous que je justifie une telle dépense ? Votre village n'existe pas pour l'administration camerounaise. Prenez la carte du Cameroun, le village Nkol-ébaè n'est sur aucune carte. J'ai consulté tous les documents ici dans notre bibliothèque, nulle part j'y ai vu votre village. Ce serait un détournement de deniers publics si je mettais de l'argent dans un tel projet.

Le Ministre présenta la carte du Cameroun à la délégation. Pour la première fois, les membres du Condenko réalisèrent que leur village n'existait pas !

- Monsieur le Ministre, dit François Akoa Manga, sur tous nos actes de naissance qui sont délivrés par l'Etat, il est écrit « Né à Nkol-ébaè ». Notre village est le premier producteur de cacao de tout notre département et c'est le gouvernement qui vient acheter le cacao sur place. Tous les habitants payent leurs impôts, nous participons à toutes les élections, le sous-préfet vient chaque année quand il fait ses tournées administratives et notre village est celui qui donne le plus de moutons au sous-préfet, à la fin de sa tournée. Il y a un comité de base du parti unique au pouvoir, etc. Comment pouvez-vous dire que notre village n'existe pas ? Est-ce que c'est notre faute si les géographes et les cartographes du pays ne font pas bien leur travail ?

Avant de sortir du bureau du Ministre avec les autres membres de la délégation du Codenko, François dit au Ministre en le fixant droit dans les yeux :

- Monsieur le Ministre, je vais vous dire une chose : nous allons construire ce pont, même si cela va nous prendre des années et toutes nos maigres économies, les populations de Nkol-ébaè vont construire leur pont, avec ou sans l'aide de l'Etat du Cameroun.

Plus tard, une autre réunion du Codenko se tint à la mission catholique. Les habitants étaient plus que jamais déterminés à construire un pont sur la rivière qui divisait leur village en deux. Même le guérisseur avait changé d'avis et c'est lui qui prit la parole en premier.

- Mes frères, mes sœurs et tous les autres, l'État nous a oubliés, il nous ignore. Mont-
30

rons au gouvernement que nous existons. Montrons à ces gens-là que les populations de Nkolébaè sont capables de prendre en main leur développement. Je vous le dis, personne ne sortira d'ici avant qu'on ait trouvé une solution pour construire ce pont.

François Akoa Manga avait demandé la parole pour faire des propositions.

- Pour le pont, il nous faut beaucoup d'argent. Vous avez vu le devis qu'Anaba nous a présenté. Pour un pont solide, qu'on pourra utiliser même pendant la grande saison des pluies, il faut 100 millions de Francs CFA (environ 150.000 Euros). Même si on réunit toutes les économies des habitants du village pendant vingt ans, on ne pourra pas avoir une telle somme.

Des murmures d'approbation parcoururent la salle de réunion, déposant sur les visages des participants la colère et la déception.

- Mais, j'ai une solution, continua François Akoa Manga. Pour le sable dont on a besoin pour la construction, il y a beaucoup de sable sur les rives de la Soumou, donc, les jeunes du village vont l'extraire de la rivière. Il faut du bois, notre village a tous les arbres qu'il faut, nous allons donner nos arbres. Des techniciens vont venir travailler pour construire le pont, je propose que le village les nourrisse pendant tout leur séjour ici, ce sera aussi notre contribution, nous allons les héberger gratuitement. Ce qui manque, c'est le fer, le ciment et le salaire des techniciens. Pour cela, nous qui habitons en ville, nous allons continuer à chercher des financements auprès de nos amis et même à l'étranger s'il le faut. Je vous le dis, mes frères, mes sœurs, nous allons construire un pont sur la Soumou.

Mema Odile entonna un chant. Tous les participants se levèrent et chantèrent en frappant les mains. L'espoir était revenu. Les femmes hurlaient l'*Oyenga*, les you-you de joie du village. Ruben Evenga écarta les bras en direction de François Akoa Manga. Ils s'embrassèrent. Immédiatement, tous les participants les imitèrent, les hommes se frottaient le front contre celui de leurs voisins, les femmes se frottaient la poitrine.

Don Francesco Pedretti, un prêtre catholique de Milan, avait créé le Centro Orientamento Educativo, une association de chrétiens engagés en Italie et dans le monde, pour une société plus libre et solidaire.

Lorsque Don Francesco reçut la lettre de François Akoa Manga, lui demandant de l'aide pour construire un pont sur la Soumou, il fut touché par la détermination de la population. Il apprécia particulièrement la volonté de tous les villageois de contribuer à la construction. Dans la conclusion de sa réponse à François, il avait écrit ceci :

« La pauvreté comme style de vie n'est pas une vertu que le chrétien peut accueillir. Je vous invite à Milan afin que nous puissions discuter de la mise en œuvre du financement de 100.000.000 Francs CFA que nous mettons à la disposition du Condenko, pour la construction du pont sur la Soumou… »

Un mois plus tard, l'avion à bord duquel se trouvait François Akoa Manga atterrissait à l'aéroport de Yaoundé, de retour de Milan. Le lendemain matin, certains de ses cousins venaient lui rendre visite à son domicile.

- Comment était ton voyage mon frère ?

- Tout s'est bien passé, le COE nous donne 100.000.000 de Francs CFA.

- Quoi ? Ils vont donner tout ça ? Enfin, finie la pauvreté. François, on est venu pour te dire quelque chose. L'histoire du pont là, est-ce que ça vaut vraiment la peine ? On a toujours vécu sans pont au village, est-ce que la terre a cessé de tourner ?

- Oui, dit un autre cousin, cet argent-là, il faut qu'on se le partage. On peut construire nos maisons, acheter des voitures. Personne ne va nous embêter. On ne dira à personne qu'on a reçu l'argent.

Un autre ajouta : de toutes les façons, notre village n'existe pas officiellement. Personne ne pourra nous embêter, même l'Etat sait qu'on n'existe pas. Et puis, est-ce que Don Francesco qui est un prêtre, c'est-à-dire un homme de Dieu, peut nous mettre en prison ?

François se leva très en colère :

- Sortez de chez moi, sortez de ma maison ! C'est comme ça que nous allons développer notre village ?

Avant de sortir, un des hommes lui dit :

- Je suis sûr que les Blancs t'ont donné ta part là-bas en Italie. C'est pour cela que tu réagis comme ça !

- Je n'ai rien reçu personnellement en Italie. Mon rêve comme celui de la plupart de ceux de Nkol-ébaè est de développer notre village. Voilà ce qui me motive. Moi-même aussi j'ai des problèmes d'argent que vous ne savez pas. Mais, parce qu'il vit dans l'eau, on ne voit jamais les larmes du poisson qui pleure.

- François, on nous a donné plus qu'il n'en faut, puisque le village va donner le sable, le bois, la nourriture pour les techniciens, etc. Qu'est ce qu'on va faire avec le reste ?

Une semaine plus tard, les habitants de Nkol-ébaè s'étaient à nouveau réunis à la chapelle de la mission. François Akoa Manga leur fit le compte rendu de son voyage en Italie. Les hommes, les femmes, les jeunes comme les vieux, tout le monde était heureux. On fit battre le tam-tam pour annoncer la nouvelle à tout le village, sur les deux rives, aux vivants et aux esprits des ancêtres, même aux animaux de la forêt.

Mema Odile entonna une chanson à la gloire de Don Francesco et du COE. Ruben Evenga prit la parole.

- Mes frères et sœurs, maintenant que nous avons le financement, on ne doit pas changer notre projet. Nous avons promis de contribuer à la réalisation du pont, nous le ferons.

- Qu'est ce qu'on va alors faire avec le surplus d'argent ? demanda un jeune dans la salle.

- Est-ce que quelqu'un a une proposition ? demanda Ruben Evenga.

L'ancien combattant leva le bras.

- Comme vous le savez, moi que vous voyez devant vous, j'ai fait la guerre, j'ai lavé mon visage avec l'eau de la Mer rouge…

- Oooh ! Tu nous fatigues ici avec tes histoires de la mer qui est rouge. Ça n'existe pas un océan rouge ! Dit une personne âgée au fond de l'église.

- Si tu n'es pas allé à l'école, est-ce que c'est de ma faute ? Demande donc à Ruben Evenga, c'est un grand professeur à Yaoundé, il va te dire que la Mer rouge existe, espèce de villageois qui n'a jamais pris un avion ni monté dans un bateau ! Moi j'ai fait tout ça pendant la guerre.

- On n'est pas là pour ça, dis seulement ce que tu as à dire.

- Je disais que, moi j'ai vu… Bon, je ne parle plus de mon passé sinon les jaloux vont encore se plaindre. Je propose qu'avec le surplus d'argent, on achète un car de transport en commun, on le confie à un fils du village qui va faire le transport ici. Comme ça on n'aura pas besoin de transporteurs étrangers qui vont venir séduire nos femmes et nous laisser avec des maladies sexuellement transmissibles. Avec le bénéfice de ce car, on pourra faire d'autres projets pour le village.

- Bravooo ! C'est une bonne idée, dit Evenga. Est-ce que tout le monde est d'accord ?

- Oui ! approuvèrent les participants.

- Est-ce que quelqu'un d'autre a une proposition à faire ?

François Akoa Manga prit la parole en disant :

- Je propose qu'on crée un économat ici au village. Cet économat va acheter des tôles en aluminium, qu'on vendra à crédit aux habitants qui veulent construire leur maison ou changer leur toit de paille. Avec le bénéfice, on pourra faire des puits d'eau potable, construire un dispensaire, etc.

Alfred prit la parole :

François a raison. Petit frère, tu es un vrai gars, je t'aime fraternellement épistolore ! Vous savez qu'ici au village je suis celui qui sait parler français. Le seul et l'unique académicien de tout Nkol-ébaè. Je propose un nom en français à ce projet qui va nous permettre de construire des cases en tôles. On va l'appeler « Opération Cases tôlées » !

Tout le monde applaudit.

Voilà comment on a construit un pont sur la rivière Soumou à Nkolébaè.

Voilà comment on a acheté un car de transport à Nkol-ébaè qui fut appelé « Condenko Car ». Voilà comment est née « l'opération cases tôlées » qui a permis d'améliorer l'habitat du village.

Si un jour vous passez dans le village Nkol-ébaè au Cameroun, de l'arrondissement de Mengueme, département du Nyong et So, vous y verrez le pont sur la rivière Soumou.

Pendant que j'étais en train de terminer de raconter l'histoire du pont de mon village, Anna est entrée dans le restaurant. Elle avait trente minutes de retard. Elle avait mis son pantalon noir que j'aime beaucoup parce qu'il moule parfaitement son derrière. Tous les Camerounais venus dire au revoir à Ondoua cessèrent de discuter pour regarder Anna. L'un d'eux me dit à voix basse :

- Mon frère, tu as vu les fesses de la femme qui entre là ?

- Qu'est-ce qu'il y a ? Pourquoi tu t'intéresses à elle ? C'est ma copine, il ne faut pas la regarder, sinon tu vas sentir mon coup de poing redoutable sur ton visage !

- Eh ! Mon frère, calme toi ! Est-ce que je savais que c'était ta femme ! Les yeux n'ont pas de frein, j'ai seulement regardé et j'ai vu !

- Ça va ! Arrête donc de la regarder, alors.

- Ce qui est fait est fait, mon frère. Je me disais seulement que ta femme, il faut l'emmener au village. Là-bas, tu lui donnes un pilon et un mortier pour qu'elle pile le couscous de maïs debout. Je te jure que si tu te places derrière elle, tu vas voir un vrai spectacle ! Tu verras comment ces fesses-là dansent le bikutsi, la danse de chez nous !

- Toi, tu es vraiment sauvage comme un homme de Cro-Magnon !

Je me suis levé pour aller accueillir Anna. Pendant le repas, elle faisait comme un téléphone en mode répondeur : pas moyen de communiquer avec elle. Elle répétait seulement : « Laisse-moi le temps de réfléchir, prouve que tu m'aimes et que tu écoutes ce que je te dis. Ecris un livre avec les histoires que tu me racontes souvent ». Vraiment, je ne la comprends pas, est-ce que l'amour c'est la réflexion ? Elle ne sait pas que trop de réflexion tue l'amour ? Et puis, est-ce que je suis écrivain pour écrire un livre ?

A la fin du repas, je voulais rentrer chez moi. J'étais fatigué, brisé. Le groupe de Camerounais était encore dans le restaurant. Ils discutaient en mangeant.

- Viens mon frère, tu as l'air triste. C'était ma cousine Melingui qui m'appelait. Ta fiancée rentre seule ? C'est la séparation ? J'ai appris que tu veux écrire un livre. Viens écouter l'histoire d'Ondoua. Il faut qu'il te raconte son histoire. Je te jure, mon frère, son histoire est intéressante, il faut l'écrire. Mais n'oublie pas d e mettre mon nom dans ton livre.

Je n'avais pas le choix. Si tu n'écoutes pas ce qu'une fille de mon village village te dit… Melingui m'a présenté Ondoua, le jeune docteur en médecine, ancien immigré clandestin, qui rentrait s'installer au Cameroun.

Son histoire, je vous la raconte avec mes mots, car Ondoua parlait un français trop compliqué pour moi, on aurait dit qu'il avait avalé toutes les collections Bescherelle Orthographe et Grammaire avec en plus tous les mots savants du petit Larousse illustré. Ondoua est comme ces Camerounais qui disent des choses simples avec des mots alambiqués, alors que moi, je parle simplement pour raconter des choses compliquées.

LE LONG CHEMIN DE L'IMMIGRATION

Le vigile, posté devant le grand portail vert du Consulat de France à Yaoundé, me fixa d'un regard de chien dédaigneux qui refuserait de manger un os, traîné dans la boue rouge comme la terre de Yaoundé. Nos regards se croisèrent. Si les yeux pouvaient frapper un homme, il aurait senti toute la violence qui avait élue domicile dans mon corps, mon esprit, même mes cheveux. Celui qui frappe un chien frappe son maître. J'aurais pris ma vengeance car j'étais en colère contre son employeur, le Consulat de France. Le consul venait de me refuser le visa d'entrer en France. Pourtant, j'avais une convocation pour un test d'entrée à la Faculté de médecine de l'Université de Toulouse 3. L'employé du Consulat, en me remettant mon passeport (sur lequel on avait apposé un gros cachet REFUSE), m'avait dit que je n'avais pas respecté la procédure : il fallait d'abord m'inscrire à Campus France-Yaoundé. De plus, à Yaoundé, il y a une faculté de médecine : « Pourquoi aller en France pour faire ce qu'on peut faire dans son pays ? ».

Des larmes serpentèrent sur mes joues et glissèrent jusqu'à la chemise blanche que j'avais mise pour mon rendez-vous au consulat. Je relevai le col de ma chemise contre mes joues pour essuyer les larmes que je voulais contenir pour ne pas montrer mon émotion au vigile. Aussitôt, le col changea de couleur et devint rouge comme la poussière de Yaoundé. Je me mis à marcher sans but.

Je déambulai comme un détraqué, en direction du Monument de la Réunification, pour réfléchir à mon avenir. Je ne voulais pas rentrer à la maison annoncer la mauvaise nouvelle à ma mère. Je marchai durant une heure, sans m'en rendre compte. C'est le klaxon d'une Toyota Bleue qui me ramena à la réalité. Une fille sortit la tête de la portière de la Toyota et m'appela. C'était Melingui. Quelques années plus tôt, nous étions camarades, en classe de troisième. Mais elle avait vite abandonné ses études pour se prostituer et finalement, émigrer en France.

- Ondoua, c'est toi ? Pourquoi marches-tu comme un fou avec ton col de chemise tout sale ?

Je ne l'avais pas tout de suite reconnue. Comme le caméléon, elle avait changé de couleur de peau. Elle était devenue Blanche à cause des produits décapants.

- C'est difficile, Melingui, on vient de me refuser le visa pour aller faire ma Médecine en France.

42

- Mais, tu es toujours fort à l'école comme avant ? S'il faut donner le visa à un seul Camerounais pour les études, c'est à toi, car tu le mérites.

- C'est compliqué, ma sœur, j'étais major de notre lycée au Bac. J'ai voulu passer le concours d'entrée à la fac de médecine de Yaoundé. Mais, ma sœur, c'est un chemin de croix. Je te jure que même Jésus n'a pas souffert comme ça sur le Golgotha !

- Qu'est ce qui s'est passé, mon frère ?

- Je suis allé à l'Office du Baccalauréat pour avoir mon diplôme et faire mon dossier d'entrée à la fac de médecine. On m'a dit que les attestations ne seront disponibles qu'après le 3 septembre, soit deux semaines après le concours d'entrée à la fac. La vérité, c'est que les choses sont faites pour qu'il n'y ait pas beaucoup de candidats, car il y a peu de places. Mais j'avais espoir. Comme disait souvent mon père, l'espérance est le bâton des aveugles. Je suis quand même allé à la faculté pour déposer le dossier de candidature sous réserve de présenter mon diplôme du Bac dès qu'il sera disponible. Mais ça a été refusé. Tu vois Melingui, le serpent a beau courir, il ne va pas plus vite que sa tête. Cette affaire-là m'a dépassé ! J'ai abandonné. Et imagine-toi, qu'au consulat de France, on vient de me refuser le visa parce qu'il y a une faculté de médecine ici à Yaoundé !

- Mon frère Ondoua, même si ton dossier était complet, tu ne pouvais pas réussir ce concours. Je ne dis pas que tu n'es pas intelligent, à l'école tu étais toujours le meilleur. Mais, j'ai entendu une rumeur qui circule partout ici à Yaoundé, depuis que je suis rentrée pour mes vacances. On dit que pour ce concours-là, il n'y avait que cent places et soixante d'entre elles étaient déjà réservées pour les enfants des « grands » de ce pays. Il ne restait plus que quarante places pour deux mille candidats, et en plus, ceux qui ont été admis ont payé deux millions de Francs CFA. Moi, je dis ça, mais je n'ai pas de preuves, c'est seulement la rumeur. D'ailleurs, pourquoi tu ne fais pas autre chose ?

- Tu sais, Melingui, mon père est mort parce qu'il y a une pénurie de médecins. Ce jour-là il n'y en avait pas un seul à l'hôpital pour le soigner. J'ai juré devant son cadavre que je serais médecin.

- Hey ! Ondoua, même quand l'eau bout, elle se souvient qu'elle a été froide. Aujourd'hui, j'ai réussi ma vie, je suis bien installée en France, mais je me souviens que quand j'étais élève, tu m'aidais souvent à faire mes devoirs, tu me laissais tricher sur ta copie. Ça, je ne l'oublierai jamais. Je vais t'aider pour aller en France faire tes

44

études. Maintenant qu'on a mis le tampon RE-FUSE sur ton passeport, tu n'as plus aucune chance de voyager vers un pays de l'Union Européenne. Quand les autres Consulats vont voir REFUSE sur ton passeport, ils vont faire la même chose. Viens me rencontrer ce soir à 20h, au Macabo Bar, je te dirai ce qu'il faut faire pour passer en France.

Le soir même, j'étais au Macabo Bar peu avant 20h. Du regard, je fis le tour de la salle pour chercher Melingui. Elle n'était pas encore là. Au moment de m'asseoir près de l'entrée, pour éloigner mes oreilles de l'assaut violent de la musique qui jaillissait des enceintes installées aux quatre coins du bar, la serveuse me héla.

- On ne s'assoit pas avant de commander, ici ce n'est pas ton salon pour venir te reposer.

J'ai commandé une Castel Beer. La bouteille transpirait, elle était restée longtemps retenue en otage dans le congélateur. La serveuse m'a tendu un verre que j'ai refusé d'utiliser, car je ne savais pas dans quelle eau boueuse il s'était baigné, tellement il était sale.

Quand Melingui entra dans le bar, il était 20h 30.

- Ondoua, tu es déjà là ?

- Oui, je suis même arrivé avant 20h.

- Mon frère, détends-toi, ce n'est pas la fin du monde. « Il n'est pas nécessaire d'arriver le matin ; si tu arrives le soir, tu es arrivé. » Tu ne connais pas ce proverbe-là ? Garde ton énergie, mon frère, tu en auras besoin pour passer en France. Le réseau que je vais te donner est un secret. Moi-même, je l'ai utilisé pour aller en France. Mais il faut être prêt à tout !

- Je suis prêt à tout, Melingui. Qu'est-ce que tu veux que je fasse ici au pays ? Quand je regarde mes cousins qui ont eu des maîtrises à l'université et qui sont rentrés s'installer au village pour être enseignants bénévoles à l'école, je me dis que si je veux réaliser mon rêve, je dois aller faire mes études de médecine en France.

Melingui sourit. Un sourire qui illuminait son visage et la rendait encore plus belle, malgré sa peau dépigmentée. Elle me donna le numéro de téléphone de Moussa Yaya au quartier Omnisport. Ce monsieur, basé au Cameroun, était le chef des passeurs pour l'immigration clandestine vers l'Europe.

J'ai rencontré Moussa Yaya le lendemain vers 11h. Avant d'entrer dans sa luxueuse villa, le vigile qui gardait le portail imposant m'a fouillé des pieds à la tête, pour savoir si je n'avais pas un moyen d'enregistrer l'entretien avec Moussa Yaya. Il a récupéré mon téléphone portable et ma sacoche. Il ne fallait pas qu'il y ait de preuve de notre rencontre. Puis on m'a conduit jusqu'à Moussa Yaya. Ce qui m'a d'abord captivé chez cet homme d'environ cinquante ans, c'est le nombre impressionnant de bijoux qu'il portait. A ses poignets pendaient deux grosses gourmettes en or qui brillaient au soleil. Sa montre était en or elle aussi. Il avait deux dents en or qu'on voyait lorsqu'il ouvrait ses grosses lèvres qui protégeaient des dents profondément écartées.

- Assois-toi, jeune homme, me dit-il de sa voix de ténor. Je n'ai pas le temps, je vais rapidement t'expliquer comment on va procéder.

- Merci, Monsieur.

- D'abord, tu remettras à Melingui ton passeport, ta carte d'identité et ton acte de naissance. Tu dois voyager sans papier. Tu récupéreras tes papiers en France. Si jamais on t'arrête, puisque tu n'auras aucun papier sur toi, on ne saura pas vers quel pays d'expulser. Tu verras, c'est facile, la preuve : une fille comme Melingui a réussi à le faire, pourquoi pas toi ?

- Combien je vous paie, Monsieur ?

- Moi, je ne prends que quinze pour cent du montant total que tu dois payer. Et je m'occupe de l'organisation de ton voyage entre Moussoro au Tchad et Agadez au Niger. De là, tu te débrouilleras pour arriver à Sebha en Libye et je m'occuperai ensuite du reste du voyage jus-qu'en Europe.

- Vous viendrez avec moi ?

- Non, je communiquerai ton nom à mes collègues dans ces pays et je te donnerai les noms de tes contacts. Tout cela va te coûter trois millions cinq cent mille Francs Cfa. Si tu arrives en Europe par un autre moyen que le mien, je te rembourse ce que je te dois. Si tu as un accident, je ne te rembourse pas.

- Comment je vous paie ?

- Tu me paies en liquide. Moi je payerai mes collègues grâce au système Hawala, c'est un système qui repose entièrement sur la confiance. Il est rodé et fonctionne depuis le Moyen-Âge. Ne t'inquiète pas, le système Hawala est bien huilé en Occident aussi. Donc, si tu cherches à me trahir, ou l'un de mes passeurs, tu n'auras aucune preuve ! N'essaye pas, même le FBI n'arrivera pas à prouver que j'ai donné l'argent à un collègue. Il n'y a aucune trace !

Ce soir-là, ma mère est allée informer mon oncle, le chef de famille depuis la mort de mon père. Le weekend suivant, il a convoqué un conseil de famille au village, auquel a participé la moitié des trois cents habitants. Certains habi-tants ont vendu des poules, des moutons, des bananes, tout ce qu'ils pouvaient vendre pour avoir de l'argent et contribuer à mon voyage. Mon cousin et meilleur ami a vendu ses plus beaux pantalons au marché parce qu'il voulait m'aider. Dans mon village, nous sommes solidaires. Nous venons tous d'un même ancêtre et nous nous considérons comme une même famille. Ma mère a vendu la petite maison que papa avait construite à Mbalmayo. Ma tante, sœur aînée de ma mère, a vendu la parcelle de terrain héritée de son mari à Bélabo, à l'est du Cameroun.

Deux mois plus tard, j'ai remis trois millions cinq cent mille CFA à Moussa Yaya. Il me restait cinq cent mille Francs CFA que mon oncle, le chef de famille, m'avait conseillé de garder sur moi tout au long du voyage. Il y avait aussi un million que ma mère allait m'envoyer en France pour mes études. Mon oncle insista pour organiser une messe de bénédiction avant mon voyage, à l'église du Christ-Roi. L'église fut remplie ce dimanche-là par mes cousins, tantes et oncles, à la fois inquiets de ce qui m'attend et plein d'espoir pour des jours meilleurs quand je rembourserai leur contribution pour mon voyage.

Après la messe, avant le coucher du soleil, je pris le train pour aller en France. Le train m'a déposé le lendemain matin à Ngaoundéré, terminus de la ligne de chemin de fer qui relie le sud au nord du Cameroun.

En début d'après-midi, je suis monté dans un car « Alliance voyage » pour aller à Garoua. Le voyage se déroula sans encombre jusqu'au moment où un passager assis à côté de moi, hurla : « Chauffeur, je veux pisser ! » C'était à environ cent kilomètres de Garoua. Le chauffeur s'arrêta et le car se vida de la moitié de ses passagers. En moins de cinq minutes, le bord de la route était devenu des toilettes publiques à ciel ouvert. Les hommes et les femmes pissaient sans gêne sur le bas-côté. Sans pudeur. Certains, des musulmans, avaient déroulé leur tapis sur le sol pour faire leur Salât. Dix minutes plus tard, tous les passagers remontèrent dans le car. C'est à ce moment que je vis surgir, comme tombés du ciel, six hommes cagoulés. C'était une embuscade des coupeurs de route. Ici on les appelle les *zarginas*. Ce sont des professionnels du guet-apens sur la chaussée et des braquages en tout genre. Enfants, femmes, hommes, bétails, ils pillent tout ce qui est susceptible de se revendre. Ils étaient tous armés de Kalachnikov.

- Personne ne bouge du car, cria un *zarginas* en tirant en l'air en guise de sommation.

- Faites ce qu'ils disent, nous conseilla un passager assis derrière moi.

- Au secours, nous allons tous mourir ! hurla un homme assis près du chauffeur.

La frayeur, la panique et l'hystérie se propagèrent dans le car comme une épidémie de syphilis dans un bordel. Des passagers criaient, hurlaient, des enfants pleuraient. Un passager ouvrit la porte arrière du car pour s'enfuir. Comme disait souvent mon grand-père, si tu vois le poisson sortir de l'eau, c'est qu'il fait chaud là-dedans. C'était la panique générale, tout le monde voulut fuir. Les *zarginas* tirèrent sur les passagers. Trois d'entre eux s'écroulèrent. Morts sur le coup. Je me suis couché sous des sièges, je ne voyais plus rien. Le reste des évènements, c'est un des passagers qui me l'a raconté. Dans le car, il y avait deux militaires, on les appelle des *antigangs,* dont celui qui avait crié « Faites ce qu'ils disent ». Ils étaient en civil et voyageaient pour protéger les passagers contre les coupeurs de route. Les zarginas avaient un complice parmi les passagers, c'est celui qui a hurlé : « Chauffeur, je veux pisser ! » pour que le car s'arrête. Les anti-gangs ont tiré à leur tour, tuant trois coupeurs de route, les autres ont fui.

Deux jours plus tard, j'étais à Kousseri à l'extrême-nord du Cameroun. Il ne me restait plus qu'à traverser le pont Nguéli, qui relie le Cameroun à Ndjamena, la capitale du Tchad. Au lever du jour, avant de traverser le Logone, fleuve frontière, j'ai fait le rituel que m'a appris ma mère : réciter trois « Ave Maria », et chanter « Mbil Bekon », notre chant traditionnel ewondo pour appeler les esprits de mon père et de mon grand-père afin qu'ils me protègent.

A 7h30, l'heure d'ouverture du pont, il y avait un remue-ménage, une agitation, un bric-à-brac indescriptible. Nous étions plus de mille personnes sur les 150 mètres du pont. Et plus du double des deux côtés des rives, des piétons, des cyclistes, des mototaxis, des ânes, des chevaux, des voitures, des handicapés en fauteuil roulant... Tout le monde était en mouvement soit pour aller au Tchad soit en direction du Cameroun. Toutes ces personnes avaient une chose en commun : le commerce. Elles allaient acheter des marchandises au Cameroun pour vendre au Tchad et vice versa. Les femmes portaient leurs marchandises sur la tête, les ânes étaient chargés, les cyclistes, les mototaxis avaient ajouté des porte-bagages à l'arrière de leur engin. Certaines filles dissimulaient leurs colis sous leur robe. Des handicapés, qui avaient un tarif avantageux à la douane, avaient ajouté un porte-bagages sur leur fauteuil roulant. Tout le monde était obligé de passer au contrôle douanier pour traverser le pont.

Je m'avançai à mon tour devant le douanier. C'était un « bogobogos ». Au Tchad, on appelle ainsi des ex-rebelles devenus douaniers officieux, non intégrés aux forces de l'ordre, habitués à extorquer des fonds.

Ce « Bogobogos » était un homme trapu. Il avait des lunettes de vue curieusement posées sur son front dégarni. Je me suis dit, soit il veut dissimuler sa calvitie, soit il a acheté des lunettes de contrebande qui ne correspondent pas à sa vue.

- Vous venez faire quoi au Tchad ? Si vous êtes Camerounais, vous n'avez pas besoin de visa, montrez-moi votre pièce d'identité.

Moi, je n'avais aucun papier d'identité. J'avais suivi les conseils de Moussa Yaya, mon passeur. Le douanier me dévisagea d'un air sombre. Et, avec son index, il me fit signe de faire demi-tour et de rentrer au Cameroun. Déçu, je reculai de quelques mètres et m'adossai à la rambarde du pont pour réfléchir. J'avais laissé ma mère, ma famille, et tous mes amis, échappé aux coupeurs de route ; ce n'est pas un douanier trapu qui accroche ses lunettes sur le front qui allait m'empêcher de continuer mon chemin pour aller en France faire mes études.

Un mototaxi chargé de marchandises comme un camion de contrebandier se présenta devant le douanier trapu. Ce dernier ne vérifia ni le porte-bagages accroché derrière la moto, ni les marchandises attachées avec une ficelle. Le mototaxi lui remit un billet de cinq cents Francs, qu'il glissa subrepticement dans la poche de son pantalon de douanier. J'ai aussitôt compris que la rigueur de ce fonctionnaire était soluble dans les Francs Cfa. Eh oui, personne ne tire le miel sans se lécher les doigts ! Sur-le-champ, je me suis présenté de nouveau devant le « Bogobogos » aux lunettes sur le front. Sans dire un mot, je lui tendis un billet de cinq cents francs CFA. Il me sourit. J'étais au Tchad.

Je n'ai pas eu la moindre difficulté à trouver un mototaxi pour me déposer à la gare routière de Ndjamena où je suis monté dans un minibus Toyota, vieux comme Toumaï, en partance pour Moussoro. Il a fallu attendre trois heures interminables dans la chaleur suffocante avant que le minibus ne prenne la route. En attendant le départ, j'ai bu une Galla (la bière locale) pour étancher ma soif, dans un bar de la gare routière. Le conducteur avait dit qu'il ne partirait que lorsqu'on aurait atteint 25 passagers. Normalement, le minibus compte 16 places.

Comme bagage, je n'avais qu'un petit sac avec une bouteille d'eau, des sous-vêtements et ma brosse à dents. Le chauffeur m'a demandé de payer deux mille Francs CFA pour mon bagage. Avant de partir, il nous a avertis que pour sortir de la ville nous ne prendrions pas la route normale car il y a beaucoup de contrôles de police.

Nous étions quatre mois après une tentative de putsch avortée contre le Président tchadien. La police et les militaires étaient sur le qui-vive et multipliaient les contrôles. Arrivés à Kabé, un quartier de Ndjamena, une barrière de police nous barre la route. Les précautions prises par le chauffeur pour échapper aux tracasseries policières sont tombées à l'eau. Dès qu'il stoppe, un policier vient vers nous, le fusil en bandoulière. Le chauffeur sourit et tend un billet de 500 Fcfa. L'homme en tenue sourit et prend l'argent. La chèvre broute là où elle est attachée, disait souvent mon grand-père. Nous continuons notre voyage.

Peu à peu, la route se défigurait. De grosses plaques de goudron bouchaient les trous de la route, formant des dos d'âne, puis le goudron céda la place à une piste en terre. Les maisons en béton capitulaient devant les cases en terre, au toit de paille. Nous étions dans un semi-désert. L'air était sec. Il faisait chaud. A travers la vitre, je contemplais des tamaris, des acacias et des palmiers qui décoraient l'horizon. Le paysage était magnifique ! Notre car s'est arrêté deux fois pour laisser traverser la piste aux nomades, encadrant plusieurs centaines de vaches et chameaux. Après plusieurs oueds et dunes de sables, nous sommes arrivés à Moussoro, dans la région du Barh El Gaze. C'était la nuit. Je me suis renseigné pour trouver le lieu de rencontre avec le passeur, collègue de Moussa Yaya.

Le chef des passeurs de Moussoro s'appelait Abakar Korom alias « Aba Dougoussou » (Aba la nuit). On ne le rencontrait que la nuit. Evadé de la maison d'arrêt de Moussoro, ancien combattant des Forces Armées Populaires (un groupe rebelle), il était devenu coupeur de route entre le Tchad et le Niger après la guerre. Il connaissait très bien toute cette région et, à son évasion de prison, il avait décidé de devenir passeur de migrants. Mais « Aba la nuit » avait peur d'être rattrapé par les autorités locales et ne travaillait que la nuit. L'armée tchadienne patrouillait dans toute la région du Barh El Gaze, jusqu'à la frontière avec le Niger. C'était très compliqué pour des migrants d'aller de Moussoro jusqu'à la frontière sans être arrêtés par les autorités. Mais, Aba Dougoussou connaissait toutes les pistes et savait éviter les patrouilles.

Si j'avais rencontré personnellement le chef du réseau à Yaoundé, à Moussoro, tout était différent. On ne rencontrait pas directement le chef des passeurs. Il fallait s'adresser à son homme de main, le *lieutenant* Djibrine. Nous étions plusieurs migrants logés dans un camp de trois maisons anonymes et discrètes, louées par le *lieutenant* Djibrine, non loin du lycée de Moussoro. Ce camp s'appelait « le ghetto », il était organisé comme un camp militaire. Il y avait tous les grades, du général au soldat.

Je me souviens de mon premier entretien avec le *lieutenant* Djibrine.

- Je voudrais rencontrer Ali Dougoussou.

- Tu es qui ? m'avait-t-il demandé.

- C'est Moussa Yaya qui m'envoie, je viens du Cameroun.

De son regard noir, il me fixa quelques instants. Puis, me fit signe de lever mes bras, et me fouilla de la tête aux pieds avant de me faire signe de le suivre. Il me montra une chambre où dormaient déjà sept autres migrants. Avant de partir, il me dit :

- On te fera signe quand votre voyage sera prêt. Pour l'instant on n'a que quinze candidats, il nous faut cinquante personnes pour organiser le voyage vers le Niger.

- On va partir quand, alors ?

- J'ai dit quand on aura le nombre de personnes qu'il faut ! En attendant, débrouille-toi pour vivre à Moussoro en étant discret.

Chaque occupant de la chambre payait un loyer de cinq mille Francs CFA par mois. Parmi les personnes avec lesquelles je partageais la chambre, il y avait un jeune Soudanais : Mocktar Bechir. Il avait quinze ans. Sans argent, en deux ans il avait parcouru des milliers de kilomètres, traversé trois pays, son but était d'aller en Angleterre retrouver son cousin. Nous avons tout de suite sympathisé. C'est Mocktar qui m'a appris comment survivre à Moussoro où je suis resté deux mois. Le jour du marché, nous allions Place de l'indépendance, aider les nomades à décharger leurs chameaux. Certains jours nous déchargions jusqu'à cent cinquante chameaux, cela nous faisait un revenu de sept mille cinq cents Francs CFA chacun pour la semaine. Parfois, Mocktar et moi allions dans des villages alentour, travailler pour les populations des ethnies Kréda et Dazza. Des gens très accueillants. Nous les aidions dans leurs travaux agricoles? dans des Ouadis. En guise de rémunération, on nous donnait à manger.

Mocktar avait un vocabulaire limité en français, il s'exprimait couramment en anglais. Moi je parle les deux langues, cela a facilité notre relation. Un matin, en allant à la Place de l'indépendance, j'ai aperçu un sourire fleurir sur son visage. C'était la première fois que je le voyais dévoiler ses belles dents, blanches comme le manioc qu'on vient d'éplucher. Mocktar était toujours triste, calme. Il était cachotier comme une poule qui pisse. Personne parmi les migrants de notre ghetto ne connaissait la vie antérieure de cet adolescent soudanais.

- Tu es content, ce matin, Mocktar. C'est la première fois que je te vois sourire.

- Je suis content parce que j'ai entendu une bonne nouvelle ce matin en écoutant le transistor du *lieutenant* Djibrine. Et si je suis toujours triste et je ne souris jamais, c'est parce que la vie ne m'a donné aucune raison d'être heureux.

- Qu'est ce que tu as entendu aux informations ?

- Ce matin on a dit à la radio que la Cour Pénale Internationale va commencer une procédure pour arrêter et juger Khalil Ibrahim, le chef rebelle du Mouvement Justice et Egalité au Darfour, dans mon pays.

- Qu'est ce que tu as à faire avec un chef rebelle à ton âge, tu n'as que quinze ans !

- C'est une longue histoire, un jour si tu veux je te la raconterai. Tu seras la première personne à qui je raconte l'histoire de ma vie.

- On a tout notre temps aujourd'hui, raconte-moi, pour une fois que tu es de bonne humeur ! Je ne suis pas sûr qu'un autre jour tu seras encore disposé à parler de ta vie.

- Je suis originaire du Darfour, au Soudan. C'est une région désertique à l'ouest de mon pays, riche en ressources pétrolières et aussi vaste que la France. J'avais dix ans quand la guerre a commencé. Elle oppose les rebelles : l'Armée de Libération du Soudan et le Mouvement pour la Justice et l'Egalité au Gouvernement qui est aidé par les Janjawids. Ces derniers sont des milices des tribus noires arabisées créées et armées par l'Etat Soudanais.

Dans mon village, Garaday, les miliciens Janjawids sont arrivés un matin, montés sur des chameaux et des chevaux. Ils ont tout rasé, en application de la tactique de la terre brûlée. Ils ont tué et brûlé tout ce qu'ils ont croisé sur leur passage, les humains, les cases, le bétail, même les puits d'eau potable. Ils ont violé les femmes. Comme cela ne suffisait pas, l'armée soudanaise est arrivée ensuite avec des hélicoptères pour anéantir les dernières poches de résistance dans les environs.

J'ai eu la vie sauve ce jour-là parce que j'étais avec ma grand-mère, en route vers le camp de refugiés de Kabkabiya. Le camp est protégé par les soldats de l'Union Africaine. Et c'est sur le chemin que la nouvelle nous est parvenue. Nous étions tristes, ce jour-là, j'ai pleuré toutes les larmes de mon corps. Toute notre famille a été tuée, à l'exception de mon cousin qui est en Angleterre, de ma grand-mère et moi-même. Nous avions déjà parcouru environ vingt kilomètres à pieds quand on a croisé les rebelles du Mouvement pour la Justice et l'Egalité. Ce bataillon-là était commandé par Khalil Ibrahim. Ils étaient en route pour combattre les miliciens Janjawids qui avaient brûlé mon village. Ces rebelles nous ont arrêtés. Ils ont demandé à ma grand-mère de continuer son exil vers le camp des refugiés. A moi, ils ont remis une Kalachnikov. Ma grand-mère a protesté, elle a supplié le chef des rebelles de me laisser partir avec elle. Mais le chef a refusé en disant :

- C'est déjà un homme, il doit venger sa famille, son village, notre terre le Darfour qui a été souillée par ces sauvages Janjawids appuyés par les sanguinaires du gouvernement.

- Ce n'est qu'un enfant, c'est le seul être de ma famille qui me reste, suppliait ma grand-mère.

J'ai voulu fuir, ils m'ont rattrapé. Khalil Ibrahim a repris la parole.

- Si c'est ta grand-mère qui t'empêche d'être un vrai homme, capable de défendre notre terre du Darfour, regarde ce que j'en fais.

Il a tiré sur Grand-mère. Elle est morte quelques secondes après. Nous avons pris la route vers Garaday. Je n'avais plus de larmes pour pleurer. Le chef rebelle m'a dit : « Un vrai soldat ne pleure pas » puis il m'a montré comment utiliser la Kalachnikov. J'étais devenu un enfant soldat.

Quelques semaines plus tard, j'ai décidé de fuir, de déserter pour rejoindre mon cousin en Angleterre. J'ai profité du jour où on enterrait un commandant des rebelles. Tout le monde était concentré sur la cérémonie funéraire. Je me suis échappé dans le désert. J'ai appris par hasard que Khalil Ibrahim avait demandé à tous ceux qui pourraient me croiser de m'abattre. Je ne pouvais pas aller dans un camp de refugiés car même là-bas, on ne sait pas qui est qui ! Je ne pouvais pas non plus aller à la capitale Khartoum, pour les mêmes raisons, et en plus, si l'Etat apprenait que j'avais combattu avec les rebelles, même sous la contrainte, la police allait m'arrêter.

Pour avoir de l'argent, j'ai vendu mon arme à un commerçant tchadien. Ça fera bientôt deux ans que je suis en route pour l'Angleterre. Je suis passé en Centrafrique, dans ton pays le Cameroun et maintenant je suis ici au Tchad pour atteindre le Niger, puis la Libye et enfin l'Italie, et l'Angleterre. Voilà mon histoire.

Après deux mois à Moussoro, Ali Dougoussou, le chef des passeurs, est venu nous annoncer que nous partions à 22 heures pour le Niger. Il m'a remis une carte d'identité du Nigeria sur laquelle il y avait ma photo et un nouveau nom, John Ngufor. Je lui avais remis trente mille Fcfa deux semaines plus tôt pour établir cette fausse carte d'identité. Elle me permettait de rester au Niger pendant 90 jours, en vertu de l'accord de libre circulation dans la communauté des Etats de l'Afrique de l'ouest.

Nous sommes montés dans deux camionnettes 4x4, même si le terme « 4x4 » pouvait paraître usurpé dans leur cas. Tout était vieux dans ces véhicules, les pneus lisses comme la peau d'un serpent, les amortisseurs inexistants, tout était mangé par la rouille. J'étais inquiet. J'avais payé mon transport depuis Yaoundé et je tenais à arriver au Niger. Je me suis adressé à Ali Dougoussou :

- Vous pensez qu'on va arriver au Niger avec des vieilles voitures comme ça ?

Le chef des passeurs me toisa. Il était dur, robuste et solide comme un marteau, et en me regardant il voyait un clou. Il était prêt à me frapper. Son regard me donna des frissons. J'allais donc monter dans la camionnette en silence. Mais il me fit signe de le suivre dans celle qu'il conduisait lui-même.

- Je vais te surveiller, dit-il.

A 22 heures, nous avons pris la route pour le Niger. Nous étions au moins trente migrants par véhicule. C'était suffocant. Jamais je n'avais vu autant de passagers entassés ou agrippés au hayon arrière. Ali Dougoussou lui-même conduisait l'une des camionnettes. Pour passer inaperçus, nous avons voyagé toute la nuit, tous feux éteints.

Deux heures après notre départ, en prenant une piste pour contourner la ville de Massakory au Tchad, j'ai entendu un cri : un des passagers venait de tomber de la camionnette. Il avait des crampes et avait perdu l'équilibre. Les deux 4x4 se sont arrêtés. Ali Dougoussou a demandé que personne ne descende. Je me suis retourné pour regarder, le passager était étalé, mort, le crâne brisé. Nous sommes repartis en silence, laissant le cadavre à la merci des rapaces du désert.

Après Moussouro, nous avons contourné les villes de Massakory et Ngouri avant de nous arrêter à l'entrée de Bol. Une des camionnettes ne voulait plus avancer. Ali a dit qu'il continuait avec ses passagers pour traverser la frontière et qu'il reviendrait la nuit suivante récupérer les autres. A ce moment-là, je me suis dit intérieurement : « Heureusement qu'Ali m'a demandé de changer de véhicule, sinon, je serais resté 24 heures dans ce désert ». Après avoir donné des bidons d'eau aux migrants en panne, nous sommes partis pour la frontière du Niger.

Vers six heures du matin, Ali Dougoussou a arrêté la camionnette. Nous étions à trente minutes de N'Guigmi, ville frontière du Tchad et du Niger. Tous les passagers ankylosés sont descendus, le reste du voyage devait se faire à pieds, par groupes de cinq, pour ne pas attirer l'attention. Nous avions prévu chacun cinq cents Fcfa à donner à la police, au cas où nous aurions des difficultés pour passer. J'ai traversé la frontière avec Mocktar, mon ami soudanais.

Le lendemain matin, nous étions à Agadez, au nord du fleuve Niger. C'était le dernier jour de la fête du Bianou. Les femmes étaient emmitouflées dans de beaux pagnes bigarrés, les hommes vêtus de leurs plus beaux turbans bleus foncés, paradaient sur des chevaux magnifiquement harnachés. J'ai croisé plusieurs processions où des danseurs se trémoussaient au rythme du Tendé, le tambour des Touaregs. C'était beau.

J'ai cherché Ousmane le passeur et correspondant au Niger de Moussa Yaya. Cinq ans auparavant, Ousmane avait tenté à plusieurs reprises l'aventure de l'émigration clandestine en Europe, avant de décider de devenir passeur. Il était devenu le chef de son ghetto. Pour le rencontrer, il fallait passer par un « Cockseur », c'est le nom qu'on donnait aux rabatteurs chargés de repérer et de conduire les migrants chez Ousmane. C'est Saleh, un autre migrant érythréen, rencontré à la gare routière d'Agadez, qui m'a conduit chez le cockseur d'Ousmane. Saleh vivait à

Agadez depuis un an, cherchant de l'argent pour payer le passage jusqu'aux côtes européennes.

Depuis le ghetto d'Ousmane, on apercevait le minaret de la mosquée d'Agadez dont le haut parleur diffusait la voix du muezzin pour l'appel à la prière. Le jour de mon arrivée, le chef des passeurs, n'était pas dans son ghetto, il fêtait son premier million de dollars d'économies. Ses affaires marchaient très bien. Ousmane n'était pas seulement trafiquant d'êtres humains, il était aussi trafiquant d'armes, de cigarettes et de carburant.

Son ghetto était le plus réputé et le mieux organisé d'Agadez. C'étaient cinq bâtisses dont les murs de briques séchées au soleil étaient recouverts de crépis en bianco. Les toits constitués de nattes tressées étaient plats et je me demandais souvent comment l'eau de pluie était évacuée avec un toit aussi plat. Toutes ces bâtisses étaient collées les unes contre les autres comme des chenilles sur un tronc d'acajou. Nous vivions comme des prisonniers d'Ousmane dans son ghetto. Il avait tous les droits, nous étions à sa merci. Mais lui seul pouvait nous aider à traverser le désert du Sahara. Pendant un mois, je suis resté à Agadez. Mocktar et moi avons trouvé du travail au marché. C'était la période de production de l'oignon. Nous portions des sacs d'oignons pour charger des camions qui allaient au Bénin et au Nigéria.

Un dimanche matin, pendant que je faisais le rituel que ma mère m'avait appris, une bagarre éclata entre Mocktar et Saleh, l'érythréen. Saleh était un fieffé voleur. Il avait essayé de subtiliser les économies de Mocktar pendant son sommeil. Tout le monde dormait avec son argent enfoui dans le caleçon.

Après avoir séparé les deux bagarreurs, j'ai demandé à Saleh de me suivre dehors pour calmer tout le monde. Il faisait déjà chaud dehors à 6h du matin.

- Qu'est ce qui t'a pris d'essayer de voler l'argent de Mocktar ?

- Je dois absolument partir en Europe, il me faut de l'argent pour payer Ousmane. Je suis prêt à tout pour fuir et aller en Angleterre.

- Nous tous, nous voulons partir, Saleh, ce n'est pas une raison pour voler les économies d'un enfant !

- J'ai peur de ne pas avoir suffisamment d'argent pour le départ de mercredi prochain. J'ai longtemps souffert, mon frère, il faut maintenant que je parte.

- Pourquoi tu fuis ton pays, tu veux aller faire des études en Europe comme moi ?

- Non, j'ai déjà fini mes études, je suis in-génieur. Mais ma vie est en danger dans mon pays.

- Qu'est ce qui s'est passé ?

- Mon père et Issaias Afeworki (le prési-dent érythréen), étaient des amis. Ils avaient tous les deux, fait leurs études d'ingénieur en Ethiopie. C'est là-bas qu'ils se sont connus. Après leurs études ils sont rentrés dans notre pays pour faire la guerre d'indépendance au sein de la ré-bellion. Très vite, Issaias est devenu le chef des rebelles. Papa disait souvent que c'était un guer-rier redoutable, bien organisé et intelligent. Ils ont gagné la guerre et proclamé l'indépendance de notre pays. Issaias Afeworki est devenu Prési-dent de la République.

Mais après l'indépendance, les choses ont changé. Le Président a refusé d'appliquer la Constitution à la rédaction de laquelle mon père avait largement contribué. Elle prévoyait la dé-mocratie. Le président a institué le parti unique. Il est devenu autoritaire, arbitraire, paranoïaque. Il a suspendu toute la presse indépendante, emprisonné les journalistes. Mon père, comme plusieurs autres combattants pour l'indépendance, a protesté, demandant plus de démocratie, de liberté, et l'application de la Constitution. Ils ont été arrêtés, emprisonnés et dix mois plus tard, on nous a ramené son cadavre. Le président a instauré un service militaire à durée indéterminée pour tous les jeunes. La police est autorisée à tuer ceux qui fuient. Il n'y a aucun espoir. Certains membres de ma famille ont été accusés d'être des espions de la CIA. Peu à peu, ma famille et nos proches ont commencé à disparaître. On retrouvait certains, écrasés par un véhicule, d'autres morts par balle et la police disait qu'ils avaient été tués par des bandits. Mais nous savions tous qui était derrière tous ces assassinats. Pour éviter de connaître le même sort, j'ai décidé de fuir, de quitter mon pays pour aller en Angleterre où vit le frère aîné de papa.

- Saleh, qu'est ce qui me prouve que toute cette histoire est vraie ? Tu es un voleur patenté. Moi je pense que tu es à la fois voleur et menteur !

- Je n'ai rien à te prouver. Tu crois que je risquerais ma vie en traversant le désert et la Méditerranée pour rien ? Je n'ai plus rien à perdre. J'ai à choisir entre rester dans mon pays pour être assassiné comme mon père et ses amis, ou alors, traverser le désert et la mer en prenant le risque de mourir. J'ai choisi la deuxième option, car si je ne meurs pas dans le désert ou dans l'eau, ce qui m'attend en Europe c'est la vie. Alors, pense ce que tu veux, appelle-moi voleur ou menteur, mais c'est ma vie, je n'ai rien à justifier.

Mercredi matin, enfin, Ousmane, nous a dit de préparer nos affaires, car le départ pour la Libye était programmé cette nuit-là à 21 heures. Il nous a indiqué le lieu de rendez-vous, à l'entrée du désert entre Agadez et Dirkou.

A l'heure convenue, nous sommes arrivés sur le lieu du rendez-vous où nous attendaient un vieux camion Mercedes kaki et un Pick-up Toyota blanc. Un passeur nous a dit que la Toyota était réservée à ceux qui avaient payé plus cher. Je suis monté dans le camion. Il avait dix roues, usées, rongées par le sable du Sahara et rafistolées avec du vieux caoutchouc. Il avait probablement été utilisé pendant la deuxième guerre mondiale, tellement il était vétuste. Avant de monter, le chauffeur nous avait demandé de charger d'abord nos baluchons. C'était environ deux cents sacs que nous avons rangés dans la benne. Puis chacun a attaché son bidon d'eau de chaque côté à l'extérieur du camion. Après tout cela, il n'y avait plus de place pour les passagers. Néanmoins, nous sommes tous montés. Nous étions plus de deux cents migrants dans ce camion, prêts à affronter le Sahara pour aller vers l'eldorado, l'Europe.

Le vieux Mercedes a démarré vers 22 heures. Comme au Tchad, nous avons roulé toute la nuit, feux éteints. Le Sahara nous a ouvert ses bras. La joie et le soulagement se lisaient sur tous nos visages. Enfin, on se rapprochait de l'Europe, du bonheur. Chacun laissait derrière soi, sa famille, la guerre, la dictature ou la sécheresse due aux changements climatiques. Nous étions heureux. Nous nous disions que c'en était fini de ces nuits où nous dormions sans rêver. Et ce camion brinquebalant qui soulevait des tonnes de sable du désert portait tous nos rêves.

Nous avons traversé plusieurs oasis et des gueltas, contourné les villes de Siguedine, Dao et Timmi. Malgré la nuit et la poussière, j'ai aperçu au bord de la piste des choses horribles. C'étaient des corps de migrants gisant abandonnés sur le sable chaud. Ils étaient morts de faim et de soif. Près d'une oasis, j'ai même compté sept squelettes de migrants, séchés par le soleil du Sahara. Certains corps étaient accrochés sur des arbustes, d'autres étendus sur le sable, tous déchiquetés par des vautours, des fennecs ou des chacals. Je me sentais mal, fragile. J'ai fermé les yeux et j'ai commencé à chanter le chant rituel pour appeler la protection de l'esprit de mon père et de mon grand-père. J'ai récité plusieurs « Ave Maria » comme me l'avait recommandé maman.

Nous étions encore très loin du poste frontière de Madama lorsque les problèmes ont commencé avec le vieux Mercedes. Deux roues arrière ont crevé. Nous sommes tous descendus, le chauffeur nous a informé qu'il n'avait pas de roue de secours. Le camion ayant dix roues, il nous a assuré qu'on pouvait continuer comme ça. Une heure plus tard, à cause du poids, les deux autres roues arrière n'ont pas résisté. L'essieu du camion s'est retrouvé sur le sable. Impossible de continuer le voyage. Notre chauffeur s'est concerté avec son collègue du pickup et ils nous ont informé que le chauffeur allait monter dans le pickup pour aller chercher de l'aide et que nous devions attendre son retour. Saleh a protesté :

- Pourquoi il n'attend pas avec nous pendant que vous allez chercher de l'aide ? Il sera notre garantie que vous n'allez pas nous abandonner ici, en plein désert.

Mais les passeurs n'ont pas écouté Saleh ni les autres migrants qui avaient commencé à protester. Le chauffeur du pickup a pris son fusil mitrailleur et a tiré en l'air. Tout le monde s'est couché. La camionnette est partie en nous abandonnant.

Le jour s'est levé. Comme avait dit Saleh l'Erythréen, nous étions au milieu de nulle part. J'ai enfin pu admirer la beauté du désert. Devant

72

nous s'étendaient des dunes modelées par le vent, aussi hautes que les baobabs de mon village. Certaines donnaient l'illusion de bouger comme les vagues de l'océan Atlantique à Kribi, au Cameroun. Mais là, c'étaient des vagues de sable. On entendait le chant du vent emportant au loin les plaintes de migrants. Vers 10 heures, la chaleur du soleil commençait à nous tanner la peau.

Deux jours plus tard, nous étions toujours en plein désert, sans repères. Nous avons compris que les passeurs n'allaient pas revenir. C'est alors que j'ai repensé à tous ces corps que nous avions croisés le long de la piste, abandonnés aux fauves. J'avais peur.

Dans ce désert, nous vivions dans des conditions spartiates. Nos maigres provisions étaient épuisées, l'eau commençait à manquer. Nous avions tous les lèvres sèches, craquelées, les yeux hagards. Personne ne connaissait ce milieu hostile. Certains ont décidé de se répartir en plusieurs groupes de vingt-cinq personnes pour chercher une oasis dans des directions différentes. Ce qui fut fait. J'étais dans le même groupe que mon ami Mocktar. Nous nous sommes mis en marche à la recherche d'un puits que personne ne savait localiser.

Nous étions tous conscients que nous n'avions qu'une alternative : soit trouver de l'eau, soit trouver la mort. N'étions-nous pas condamnés à mourir dans ce désert ? Mais, un cadavre ne craint pas la mort ! Le désespoir me donnait la force d'avancer. J'avais faim et soif. Nous avons marché pendant trois jours. La nuit, j'avais le sommeil agité tellement j'avais faim. Notre groupe ne comptait plus que quinze personnes, les autres avaient abandonné, épuisés par la faim et la soif. Nous les avons laissés, couchés sur le sable, en continuant notre chemin. Epuisés, le sixième jour, nous avons abandonné. Mocktar ne pouvait plus avancer. Des spasmes parcouraient son corps d'enfant, il avait des crampes au ventre.

Depuis le début de notre quête dans le désert, je buvais mes urines pour étancher ma soif. Mais maintenant, je n'urinais plus, je ne transpirais plus, je n'avais plus de salive. J'étais sec, aride comme cette vaste étendue. Mocktar a poussé un râle, il a cessé de respirer. Mon ami était mort. C'était injuste. Il avait fui la guerre, cet enfant s'était battu mieux que certains adultes pour survivre et il est mort ici. Non ! c'était injuste, pourquoi tant de souffrance pour finir ainsi ? Je pleurais mon jeune ami, mais aucune larme ne sortait de mes yeux.

Le septième jour, la soif et le désespoir détraquaient le comportement de quelques survivants. Ils étaient devenus fous, anthropophages, vis-à-vis des camarades morts. En les voyant exécuter leur folie macabre, je me suis mis à vomir. Mais je n'avais rien dans le ventre, c'était plutôt de la bile. C'est alors que j'ai rassemblé mes dernières forces et je me suis remis à marcher seul. Je titubais. Lorsque je ne pouvais plus marcher, je rampais comme la vipère ou j'allais à quatre pattes comme la tortue. Je voulais fuir mes collègues migrants, aller le plus loin possible. Je préférais finir ma vie dans le ventre d'un fauve ou d'un rapace, mais pas dans le ventre d'un bipède affamé.

Je ne sais pas combien de temps j'ai marché et rampé. A bout de force, j'ai aperçu une route. Puis, le sable a pris la couleur du ciel, le ciel est devenu rouge, le jour est devenu nuit. Dans cette nuit, je voyais mon père et mon grand-père, morts depuis longtemps au pays. Je leur disais « Emmenez-moi » et mon grand-père répétait sans cesse « C'est fini, tu es sauvé ». J'avais perdu connaissance.

Je me suis réveillé à Sabah en Lybie. C'est un des cokseurs de mon passeur Ousmane qui m'a raconté qu'il m'avait trouvé au bord de la route ; couché sur le dos, la main levée vers le ciel. Il m'a reconnu, je délirais en disant « Emmenez-moi ». Il m'a pris dans la cabine de son camion et pendant tout le trajet je répétais sans cesse « Emmenez-moi » et lui il disait pour me calmer « C'est fini, tu es sauvé », en me donnant quelques gorgées d'eau. Pour finir, il m'a dit qu'il s'était payé lui-même mon transport en fouillant dans mon caleçon. Il avait pris toutes mes économies. C'était le prix de la vie !

Après avoir rencontré le correspondant de Moussa Yaya en Lybie, j'ai passé un mois et demi à Misrata. Je vivais dans un ghetto et j'allais au centre-ville tous les jours ou au port pour faire toutes sortes d'activités. J'avais besoin d'argent, car je devais payer le matériel nécessaire pour traverser la Méditerranée : de l'eau, des vivres et un gilet de sauvetage. Il me fallait aussi de l'argent pour arriver en France.

Les migrants de notre ghetto à Misrata étaient divers et cosmopolites. Il y avait des Somaliens, des Soudanais, des Nigérians, des Iraniens, etc. Le chef des passeurs s'appelait Moustapha Ben Kabar. Le prix de la traversée variait en fonction de la nationalité du migrant. Moussa Yaya avait payé 1000 dollars pour moi, c'était le prix le plus bas. Le voyage en mer était organisé par celui qu'on appelait le commandant, c'était un employé du passeur. Mais le commandant ne savait pas piloter le bateau et il ne faisait pas toute la traversée avec les migrants.

La nuit de notre départ pour l'Italie, le commandant nous a répartis par groupes de dix migrants. Nous sommes montés dans des chaloupes pour atteindre le navire resté en haute mer, loin du port, pour ne pas éveiller l'attention des autorités.

Au bout de deux heures, tous les migrants étaient montés à bord. Il y avait des Noirs, des Blancs, des chrétiens, des musulmans, des femmes, des hommes et des enfants, au moins cent cinquante personnes. Avant de quitter le bord, le commandant a appelé un des migrants.

- Tu te souviens de tout ce qu'on t'a appris ?

- Oui, commandant, c'est facile.

- Est-ce que tu as vérifié que le GPS est bien chargé ?

- Oui, commandant.

Puis, il a mis le moteur en marche, est descendu rapidement du navire dans la chaloupe pour continuer son business à Misrata.

C'est un migrant qui devait nous conduire en Italie, c'était un Somalien, il n'avait pas d'argent pour payer son passage et avait accepté de piloter, mais il n'avait jamais touché la barre d'un navire. Un employé du passeur l'avait formé en deux heures, c'est tout.

Le bateau poussif a pris la direction des côtes italiennes, droit vers le nord. En fait de navire, c'était un vieux rafiot en bois, de couleur bleue, qui à l'origine était un bateau de pêche.

Nous étions plus de cent cinquante personnes à bord. Les passagers avaient été classés selon une certaine hiérarchie. Les Noirs qui venaient de l'Afrique subsaharienne étaient placés dans la cale sans aucune fenêtre. L'air vicié qu'ils y respiraient sentait le mazout. La cale était fermée de l'extérieur. Moi, je n'étais pas dans la cale, car mon passeur depuis Yaoundé avait payé le prix fort, contrairement aux autres ressortissants d'Afrique Noire.

La mer était calme, sans une ride. C'était reposant. Les enfants dormaient dans les bras de leur maman. Au bout de deux heures, nous étions proches des côtes italiennes, lorsque nous avons aperçu un bateau des garde-côtes italiens. Nous avons crié au secours en levant les bras au ciel. Instinctivement, tous les passagers se sont dirigés du même côté. Emporté par le mouvement des passagers, le vieux rafiot a chaviré. Heureusement, la marine italienne était proche. Ils nous ont secouru, je ne sais pas combien de migrants se sont noyés ce jour-là. Moi je flottais grâce au gilet de sauvetage. Les Italiens nous ont ramenés à Pozzallo, en Sicile.

Une semaine plus tard, je passais la frontière à Vintimille. J'avais enfin atteint mon objectif. J'étais heureux, une nouvelle vie allait commencer pour moi. Je savais que c'était trop tard pour mon examen d'entrée à la faculté de méde-cine, j'étais prêt à attendre la prochaine année.

J'ai pris le train pour aller à Paris, puis à Courcouronnes pour retrouver Melingui, récupé-rer mon passeport et mon argent. Elle allait aussi m'aider à faire les démarches administratives en France. A la gare de Courcouronnes, Melingui m'attendait. Je l'ai aperçue en même temps qu'un groupe de policiers qui me toisaient.

J'ai paniqué et les policiers ont remarqué mon air inquiet. L'un d'eux m'a interpellé, de-mandé mes papiers. J'ai voulu fuir. Ils m'ont arrêté, fouillé. Ils avaient retrouvé dans ma po-che la carte d'identité nigériane qu'on m'avait remise au Tchad. J'étais fichu. On allait me ren-voyer au Nigeria, alors que ce n'est pas mon pays.

Subitement, j'ai eu une envie de défé-quer, à cause de la panique. Les policiers m'ont emmené dans les toilettes de la gare. Tandis que j'étais enfermé dans les toilettes, les événements de ces derniers mois défilaient dans ma tête. Et là, j'ai eu une inspiration qui a sauvé mon avenir. J'ai déféqué à terre. J'ai ramassé mes excré-ments, j'en ai enduit mon corps des pieds à la tête. Je suis sorti des toilettes. L'odeur de merde a inondé toute la gare de Courcouronnes. Les policiers ont reculé en se pinçant les narines. Parmi eux se trouvait une femme, elle s'est mise à pleurer. Je l'ai entendue dire : « Mon Dieu, il est prêt à tout pour ne pas rentrer dans son pays ». Elle me fit signe de ne pas bouger et, fouillant dans ses poches, elle me remit une carte de visite. C'était la carte d'une association pour le soutien et l'intégration des immigrés en France.

Moi aussi, j'avais les larmes aux yeux. Tandis que je sortais de la gare pour retrouver Melingui, tout le monde s'écartait de mon passage, tellement je sentais mauvais.

Voilà l'histoire que m'a racontée Ondoua, le jeune médecin formé en France qui rentrait s'installer au Cameroun, son pays.

Après avoir écouté l'histoire d'Ondoua, je n'avais plus envie de manger. J'étais dégouté. J'en voulais à certains dirigeants africains qui organisent ou entretiennent des guerres, la corruption. A ceux qui sacrifient la jeunesse de leur pays sur l'autel de leur appétit de pouvoir et d'argent. J'en voulais à tous ces rebelles africains qui peuvent tuer père et mère pour être président des orphelins. J'en voulais aux pays occidentaux qui vendent des armes à l'Afrique. J'en voulais à toutes les banques qui ouvrent leurs comptes afin que des dictateurs africains épargnent le fruit de la corruption et des détournements des deniers publics.

Je suis rentré chez moi. Je marchais comme une tortue qui cherche des champignons dans la forêt de mon village. Pendant plusieurs nuits, je ne dormis pas. Je pensais à Anna. Au travail, je ne distinguais plus les couleurs des bacs à ordures, je mélangeais tout: les déchets recyclables et les autres. Je n'étais pas bien. Un soir, en rentrant chez moi, j'ai croisé un ami camerounais :

- Bonsoir mon frère, je voulais justement te voir.

- Tu veux encore me parler des fesses de ma copine ?

- Oublie ça mon frère. L'autre jour, au restaurant, on me disait que tu écris un livre.

- Laisse-moi tranquille, je ne suis pas écrivain. Tu ne vas pas t'y mettre aussi !

- En fait, je connais une petite histoire. Il faut que tu l'écrives aussi, mais tu dois mettre mon nom dans ton livre. Il faut que les gens voient mon nom, comme ça, je serai célèbre.

- Je n'ai pas le temps, mon cerveau est fatigué, je ne dors pas, je ne peux même pas retenir ce que tu vas me raconter.

- Aahh ! Je comprends que tu sois fatigué. Quand je me rappelle les fesses de ta copine que j'ai vues *chez Wu* l'autre jour, je me dis que tu as beaucoup de boulot, mon frère…

- Dégage ! Je t'ai déjà dit que même le marteau piqueur ne frappe pas aussi fort que mes poings !

- Je blaguais seulement. Je te promets que si tu mets mon nom dans ton livre, je vais acheter beaucoup d'exemplaires pour les distribuer à mes amis et à ma famille.

- Comment tu t'appelles ?

-Je m'appelle Tagne Hermann.

- Comme je suis fatigué, et que je ne peux pas retenir ce que tu vas me raconter, je vais enregistrer ton histoire avec mon téléphone.

- Tu verras, ça ne prendra même pas dix minutes. C'est une petite histoire légère, simple et courte.

Tagne Hermann et moi sommes allés au Parc du lac de Courcouronnes. Assis sur le gazon, j'ai enregistré son histoire.

LE TRICHEUR

Bilongo venait de rendre sa copie de la dernière épreuve pour l'obtention du Certificat d'Etudes Primaires (CEP). Il n'avait rien compris à ce test sur les technologies de l'information et de la communication, mais ce n'était pas important. Il était heureux comme une grenouille dans la mare. Il fallait qu'il annonce la bonne nouvelle à sa maman. Il se mit à courir, de venelles jonchées d'ordures aux couloirs ravinés par des eaux de pluie. Bilongo évitait les obstacles, contournait des maisons. Il arriva rapidement au domicile familial, Quartier Anguissa à Yaoundé.

Il était tout essoufflé, les mollets meurtris par la course de cinq minutes qu'il venait de faire, mais qu'importait l'haleine qui brûlait ses poumons, il était heureux. Lorsque sa maman aperçut le sourire qui se dessinait sur ses lèvres, elle devina la bonne nouvelle. Les choses se déroulaient comme prévu. Elle était fière de son dernier garçon de neuf ans.

Marcelina, la mère de Bilongo, leva ses bras filiformes au ciel et ouvrit grand sa bouche pour crier : « owééé, owééé ! Toi seul tu vas me sauver dans cette famille, Bilongo ! » Elle portait le kaba[1] que lui avait offert son mari pour le défilé du 8 mars, à l'occasion de la journée internationale des droits de la femme. En vérité, ce kaba était un cadeau de réconciliation. Son mari voulait faire oublier la rumeur délétère qui troublait l'harmonie de leur couple. Cette folle rumeur disait que son mari était un coureur de jupons invétéré. On murmurait à Anguissa qu'il dilapidait tout son argent pour avoir les faveurs des jeunes filles du quartier. Non, rien ne devait venir troubler sa joie aujourd'hui, se dit-elle. Au moins Bilongo n'était pas comme son père. Elle prit une pièce de 100 Fcfa dans la poche droite de son kaba, qu'elle remit à son fils pour le féliciter.

- Je suis fier de toi, mon fils ! Est-ce que l'enfant de la sorcière, là, voulait encore tricher ton travail aujourd'hui ?

- Oui, maman, il était encore assis à côté de moi dans la salle d'examen. Il voulait tricher sur ma copie, je ne lui ai rien montré ! J'ai bien suivi tes conseils, maman.

- Êeeh ! Voilà enfin une bonne nouvelle, mon fils ! Je suis fier de toi. L'enfant de cette sorcière-là va échouer au CEP !

---

[1] *Robe sac*

- Maman, Il a passé son temps à me donner des petits coups sur la cuisse. Il voulait que je lui montre mon travail.

- Quoi ? Il t'a donné des coups sur la cuisse ! Allons voir sa sorcière de mère, arracheuse des maris des autres. Son tricheur de fils a osé toucher mon enfant !

La « sorcière » était la mère de Jules, le jeune camarade de Bilongo. La rumeur disait qu'elle était l'amante du mari de Marcelina. Mais dans ce cas, le terme de rumeur pouvait sembler usurpé. En effet, Marcelina avait lu plusieurs messages licencieux de la «sorcière » sur le téléphone de son mari. Elle était jalouse, haineuse. La jalousie a cela de commun avec la haine qu'elle peut vous rendre méchant et rancunier. Marcelina vouait donc une rancune tenace à la « sorcière » et tous ceux qui lui étaient proches, surtout ses enfants. Aussi avait-elle ordonné à Bilongo de n'avoir aucun contact avec Jules. Lorsqu'elle avait appris qu'ils seraient assis sur le même banc à l'examen du CEP, elle lui avait aussitôt demandé de ne pas aider Jules. Il fallait que le fils de la « sorcière » échouât au CEP. Elle avait dit à son fils : « Il faut que Jules soit recalé au Certificat, pour que ton père comprenne que rien de positif ne peut sortir du ventre de cette sorcière ».

- Je vais montrer à cette sorcière arracheuse de maris de quel bois je me chauffe ! Il a osé taper sur tes cuisses ! dit Marcelina en nouant un foulard sur sa tête.

Aussitôt, elle se dirigea vers la maison de la « sorcière » à trois cents mètres de son domicile, derrière le terrain de football en terre battue dénommé le « stade malien ». Elle transpirait à grosses gouttes. Ses tempes, tyrannisées par la jalousie et la haine, battaient comme le tam-tam funéraire le jour d'un enterrement. Bilongo avait du mal à suivre le rythme imposé par sa mère. Il se mit à courir. Manifestement, c'était une journée sportive pour le jeune garçon.

Les lèvres sèches, les yeux hagards, Marcelina, suivie de son fils, arriva au domicile de la « sorcière ».

- Où est la sorcière qui habite dans cette maison pourrie et hantée ? demanda Marcelina à un adolescent qui se trouvait au seuil de la porte.

Tout le monde au domicile de la « sorcière » connaissait Marcelina. L'adolescent passa en revue dans sa tête le nombre de querelles violentes entre Marcelina et sa mère auxquelles il avait assisté. C'était incomptable. Il abandonna le calcul et se leva pour fuir la scène du conflit. Il était prudent. Les consignes avaient été données de ne plus adresser la parole à la querelleuse.

Marcelina se calma. Elle savait qu'il fallait procéder autrement pour avoir l'information. Elle savait surtout que la prudence de l'adolescent était soluble dans l'argent. Elle lui tendit une pièce de 100 Fcfa. Un sourire illumina le visage de l'adolescent.

- Elle est partie au call box à côté du stade malien, téléphoner à sa sœur. Mais, je ne t'ai rien dit. Ne sors pas mon nom dans vos histoires là-bas ! L'adolescent disparut derrière la maison.

Marcelina et son fils prirent la direction du stade malien, Bilongo obligé de courir pour suivre sa mère. Epuisé, après sa course folle, il fut le premier à apercevoir la « sorcière ». Elle était devant le call box et attendait son tour pour téléphoner. Jules, debout à côté de sa mère, sourit dès qu'il aperçut Bilongo.

- Sorcière et arracheuse de maris! hurla Marcelina.

La « sorcière » se retourna, abasourdie.

- Qu'est ce que je t'ai encore fait, la femme-ci ? Depuis un mois je n'ai pas croisé ton mari, même en route !

- Ton tricheur de fils a tapé sur mon fils aujourd'hui à l'école pendant le CEP. D'ailleurs, ça ne m'étonne pas ! Qu'est-ce qui peut sortir du ventre d'une vieille sorcière comme toi, hein ?

Un tricheur, incapable de faire le Cep sans tricher sur la copie de mon fils intelligent et sage.

Jules était aussi à l'aise que le mouton le jour de la Tabaski. Il n'osait pas parler. Il avait été élevé dans la révérence des adultes. « Un enfant ne parle pas quand les grandes personnes discutent », lui avait toujours dit sa maman. Mais il devait parler, donner sa version de l'histoire. Il se tourna vers sa maman, plongea son regard dans le sien. Il voulut ouvrir sa bouche, sa mère le foudroya du regard. Jules ferma sa bouche.

- La femme-ci, tu me cherches trop les problèmes dans ce quartier. Tu inventes des histoires tous les jours, dit la « sorcière ».

Immédiatement, une foule constituée de badauds et de curieux, attirés par les éclats de voix, s'agglutina autour du call box.

- Tu oses dire que je suis une menteuse, hein ! Ton fils a passé son temps à vouloir tricher le travail de Bilongo. Heureusement que je lui avais dit de ne rien montrer. Quand il a vu que mon enfant ne lui montrait rien, il a commencé à le taper sur la cuisse ! Je suis ici pour te foutre la honte de ta vie! Tout le quartier doit savoir que ton fils est un tricheur et toi-même une vieille sorcière arracheuse de maris .

Le propriétaire du call box se leva. Une querelle devant son échoppe était mauvaise pour ses affaires. Il prit la parole.

- Hey ! Ecoutez-moi ! Pourquoi ne pas demander les dents de la panthère à celui qui a mangé la tête ! Hein ? Il balaya la foule de son regard puis pinça les lèvres, avant de continuer : il faut demander à ces enfants ce qui s'est réellement passé, puisque vous deux n'étiez pas avec eux à l'école !

Jules regarda sa mère, cherchant son approbation.

- Parle, mon enfant, dit-elle.

- Je n'ai pas triché ! cria Jules pour se faire entendre. Au contraire, moi je voulais même aider Bilongo. Je lui ai donné de petits coups sur la cuisse pour qu'il regarde dans ma copie, parce que j'ai remarqué que depuis le début du CEP, il n'écrivait rien sur sa feuille et il rendrait sa copie vierge à la maîtresse.

- Toi Jules, tu es un menteur comme ta mère ! hurla Marcelina. N'est-ce pas, Bilongo ?

- Non, maman, dit Bilongo. Maman, tu m'avais dit qu'il ne fallait pas que Jules triche mon travail. Moi je n'ai rien écrit, comme ça Jules n'avait rien à tricher !

Deux semaines étaient déjà passées. Une éternité. Tous les jours j'envoyais des SMS à Anna. Mais toujours rien. La même réponse : « C'est toi qui a la solution, tu connais mes sentiments pour toi ». Alors, ce soir j'ai décidé d'écrire un mail à Anna.

Ma chère Anna,

Depuis une semaine, j'essaie d'écrire une histoire comme tu me l'as demandé. Mais, mes doigts se rebellent chaque fois que je les pose sur le clavier de mon ordinateur. Ils n'obéissent plus à mon cerveau. Pourtant, toutes mes histoires sont dans ma tête, mais je n'arrive pas à commencer la première phrase de mon livre. J'aimerais que tu comprennes que tout le monde ne peut pas avoir le talent d'Alain Mabanckou, pour écrire de belles histoires. Mon cerveau n'est pas capable d'imaginer des phrases comme le faisait si bien Ferdinand Oyono ou Amadou Hampâté Bâ, qui a dit qu'en Afrique « quand un vieillard meurt, c'est une bibliothèque qui brûle ». Aujourd'hui, en France, moi je suis éboueur. Je sais nettoyer, ramasser et recycler les ordures ménagères. Voilà mon métier, pas écrivain. Est-ce parce qu'un grand écrivain comme Chinua Achebe est mort que moi, Eding, je peux essayer de faire son métier d'écrivain ? Non, comme disait ma grand-mère, « C'est pas parce que l'éléphant a maigri que le chat va s'amuser à porter son caleçon » !

Ma chère Anna, comme je tiens à toi, ce soir je vais encore essayer d'écrire une histoire. Je ne te l'ai pas encore racontée. C'est une histoire qu'a vécue un jeune chef d'entreprise à Yaoundé. Il avait une Pâtisserie. J'espère que cette fois-ci, mes doigts obéiront à mon cerveau.

LA FORTUNE DE LA PATISSERIE DORMAIT DANS UN MATELAS

La pluie crépitait bruyamment sur les toits de tôles ondulées de la Cité-verte, un quartier de Yaoundé. Ma fille Lisette avait laissé la porte de la maison ouverte, elle jouait sous la pluie avec ses copines. Je les observai, accoudé sur la table à manger. Je n'aimais pas que ma fille joue sous la pluie. Mais ce jour-là, je ne lui fis pas de réprimande, j'étais heureux. Je venais de recevoir une bonne nouvelle. J'allais pouvoir créer une petite entreprise de beignets grâce au financement «Pro Labore», la micro finance de l'église catholique de notre quartier.

Trois mois plus tôt, j'avais rencontré le Père Antonio Sala, curé de la paroisse de la Cité-verte. Ce prêtre m'appréciait beaucoup parce que j'étais très actif à la Jeunesse Etudiante Chrétienne du quartier.

- Mon fils Eding, tu connais la nouvelle philosophie de la Pastorale de développement de notre Evêque.

- Oui mon Père, l'évêque dit que pour donner à l'Église, il faut avoir. Et pour avoir, il faut travailler rationnellement.

- Tout à fait. Dans le cadre de cette pastorale de développement, nous avons décidé d'aider des jeunes à créer des micro entreprises. L'association *Pro Labore* reçoit des dons ici au Cameroun et de mon pays l'Espagne. Aujourd'hui, nous pouvons financer une première vague de 10 projets dans le quartier. J'ai proposé ton nom pour la première promotion de jeunes.

- Merci beaucoup mon père. Justement, depuis un an, je réfléchis à la création d'une petite pâtisserie ici au quartier, mais je n'avais pas de moyens.

- C'est génial ! Cependant, nous avons des conditions. Tu dois suivre une formation théorique et pratique en gestion de petite entreprise pendant un mois, ainsi qu'un stage d'un mois dans une entreprise de ton secteur d'activités.

- Pas de problème mon père.

- Le financement que tu vas recevoir sera un crédit. Tu devras rembourser pour que nous puissions financer d'autres projets.

Trois mois plus tard, je recevais l'aide de l'association *Pro Labore* pour la création d'une micro entreprise de pâtisserie.

Elle s'appelait «La Pâtisserie Legrand », située juste en face du lycée du quartier. Je produisais des beignets de farine sucrés et des sablés. J'avais mis en place une stratégie commerciale pour couvrir dans un premier temps tout l'arrondissement de Yaoundé 2. J'employais huit jeunes ; un aide pâtissier et sept vendeurs. J'avais fait fabriquer des caisses en verre dans lesquelles étaient exposés les beignets et sablés, le tout posé sur des pousse-pousses qui arpentaient les rues de l'arrondissement. Mes vendeurs se tenaient devant des écoles, des collèges et des lycées de l'arrondissement. L'après-midi ils vendaient dans des marchés.

Les affaires marchaient bien. Ma situation sociale a rapidement changé. A la Cité-verte, les filles qui ne répondaient pas quand je leur disais bonjour, ont commencé à me tendre la joue pour une bise alors que je leur tendais la main. Les opportunistes ! Ma fille Lisette avait de nouveaux copains, des enfants qui espéraient que leur proximité avec elle leur permettrait de manger gratuitement des beignets. L'amitié vénale ! A la paroisse, plusieurs jeunes ont commencé à fréquenter l'église dans l'espoir que le Père Sala les remarque pour leur donner un financement. Les perfides !

Mes premières difficultés ont commencé à l'hôpital. Pour vendre des produits alimentaires à Yaoundé, il fallait un certificat médical pour chaque vendeur. C'est le sauf-conduit qui leur ouvrait les portes des établissements scolaires.

Avant l'ouverture de mon entreprise, j'ai emmené tous mes employés à l'hôpital pour établir ce précieux document. Là, un mur d'obstacles s'est dressé devant moi, à cause d'un infirmier. Le certificat médical coûte 900 FCFA[2]. J'avais remis 1000 FCFA à chaque employé et j'ai demandé à l'infirmier de me rembourser 100 FCFA par vendeur, car c'est important pour la comptabilité de mon entreprise. Il s'était singulièrement mis en colère.

- Mais, Monsieur, je commence à peine mon entreprise, je dois justifier toutes les dépenses. Le certificat médical coûte 900 FCFA, chacun vous a remis 1000 FCFA, c'est normal que vous nous remboursiez la différence.

- Ici, ce n'est pas une banque, il n'y a pas de monnaie, je n'en fabrique pas ! Et puis, avec quoi je vais boire ma bière ce soir ?

- Non Monsieur, je ne suis pas là pour acheter votre bière.

- Tu te prends pour qui, hein ? Tu veux me donner des leçons ! Eh bien, repassez après-demain pour vos certificats médicaux, le médecin est occupé.

- Ce n'est pas vrai. Et remboursez moi ce que vous me devez, ou, si nous devons revenir

---

[2] Le taux de change fixe est 1 € = 655,957 FCFA

demain, donnez-moi un reçu pour l'argent qu'on a payé.

- Quel reçu ? C'est toi qui fais la comptabilité ici ? Quel est cet énergumène qui est devant moi comme ça ? D'ailleurs tu ne m'as rien donné, je n'ai rien reçu de toi.

L'infirmier transpirait à grosses gouttes. Sa mauvaise foi augmentait sa colère. Ses narines se dilataient quand il parlait, devenant aussi larges que des trous de souris. Le médecin est sorti de son bureau.

- Qu'est ce qui se passe ici ?

- C'est ce jeune qui vient me traiter de voleur. Je lui demande de payer 900 FCFA pour le certificat médical il refuse et il prétend qu'il m'a déjà donné son argent.

- Docteur, nous lui avons donné chacun 1000 francs pour nos certificats médicaux. Et quand je lui demande de rembourser 100 FCFA, il dit qu'ici ce n'est pas une banque, qu'il n'a pas de monnaie et qu'il va boire sa bière avec cet argent ce soir.

- Docteur, si cet énergumène me traite encore de voleur, je vais lui apprendre qui a mis de l'eau dans la noix de coco ! Espèce de voleur toi-même !

- Jeune homme, avez-vous la preuve que vous avez payé ?

- Non, docteur. Mais, tous mes employés sont témoins.

- Je vous comprends, mais il me faut des preuves. Apportez vos 900 francs par dossier et venez me voir personnellement, je vais vous signer vos certificats.

- Mais docteur, on a déjà payé. Comment je fais pour justifier cette dépense ? C'est un financement que je dois rembourser ; si je commence à dépenser comme ça deux fois, est ce que je vais m'en sortir ?

- Jeune homme, vous n'avez pas de reçu qui prouve que vous avez payé. Mettez-vous à ma place.

Voilà comment j'ai payé deux fois, pour avoir des certificats médicaux.

On produisait la nuit. Mes vendeurs sortaient tous les matins avec la marchandise. Chacun avait en moyenne dans son pousse-pousse, l'équivalent de 25000 FCFA de marchandises. C'était un grand risque, car à la valeur de la marchandise, il fallait ajouter le prix du pousse-pousse et de la caisse vitrée. J'avais peur qu'un vendeur s'enfuit avec le tout.

Pour réduire ce risque, j'ai mis en place un système de garantie (financier) pour chaque vendeur. Mais, ils étaient pauvres et démunis. J'avais donc exigé une caution morale d'un membre de leur famille, de connaître leur domicile et j'ai enfin demandé à chacun de m'apporter son bien le plus précieux. Certains me donnaient un vieux fer à repasser, d'autres, des postes radio, des matelas...

Parmi eux, il y avait Belibi. C'était un bon vendeur, le premier de tous. Il faisait un chiffre d'affaires moyen de 40000 FCFA par jour. Mais, l'intégrité de Belibi était aussi profonde qu'une flaque d'eau. C'est plus tard que j'ai compris qu'en tant qu'escroc, Belibi était le pire de tous.

Deux semaines après le démarrage de nos activités, Belibi m'a appelé au téléphone un samedi vers 11h du matin.

- Patron, les agents de la Mairie ont confisqué ma marchandise et mon pousse-pousse.

- C'était où ?

- Je vendais au marché Mokolo, patron.

- Tu ne leur as pas montré les photocopies du certificat médical, de l'impôt libératoire et de la taxe pour vendre au marché ?

- J'ai tout montré patron, mais ils disent que le Maire ne veut plus de commerçants ambulants. Je suis à la Mairie.

- Attends-moi sur place, j'arrive.

Je me suis rendu à la mairie où j'ai rencontré l'agent qui avait saisi ma marchandise.

- Bonjour Monsieur.

L'agent leva ses yeux carminés vers moi. Il était saoul, exhalant une désagréable odeur d'alcool dans tout son bureau.

- Tu veux quoi ?

- Vous avez confisqué la marchandise d'un de mes vendeurs ainsi que mon pousse-pousse.

- C'est toi qui envoies des vendeurs sans papiers officiels ? Tu ne sais pas que pour vendre, il faut un certificat médical, payer son impôt libératoire et le ticket du marché ?

- Mais Monsieur, mon vendeur vous a présenté tous ces papiers.

- Ah bon ! Et toi-même pourquoi tu n'es pas encore venu te présenter ici ? Tu crées une entreprise et tu veux manger seul ! Tu ne sais pas qu'il faut penser aux autres ?

- Monsieur, pourquoi je dois me présenter chez vous? J'ai tous les papiers pour faire fonctionner mon entreprise, j'ai payé tous les impôts et taxes qu'il faut.

- Moi je connais tous tes concurrents qui fabriquent les mêmes produits que toi. Ils sont déjà tous passés ici pour me donner une enveloppe. Mais toi, je ne te connais pas, je ne te vois pas. Tous les jours, je vois seulement des pousse-pousse « pâtisserie Legrand » au marché.

- Monsieur, dites-moi ce que je dois faire pour retirer mon pousse-pousse et ma marchandise.

- Si tu ne t'entends pas bien avec moi, on va saisir ta marchandise tous les jours au marché. Maintenant, je te laisse partir mais réfléchis et reviens me donner l'argent pour la bière.

On a descendu le pousse-pousse du camion de la mairie, mais il n'y avait plus rien, les beignets et les sablés avaient disparu.

- Belibi, tu avais déjà tout vendu ?

- Non patron, je n'avais encore rien vendu ! Les agents de la marie ont tout mangé, ils ont dit que c'est leur petit déjeuner.

- Ce n'est pas possible Belibi, tu veux profiter de la situation ; tu es le meilleur vendeur, alors comment peux-tu m'expliquer que jusqu'à 11h quand on a saisi ta marchandise, tu n'avais encore rien venu ?

- C'est la vérité patron. Je jure au nom de Dieu.

Je n'avais pas de preuve. Les agents de la mairie avaient peut-être mangé les gâteaux, Belibi voulait peut-être profiter de la situation ou certainement les deux hypothèses s'agrégeaient.

Le lendemain, Belibi prit pour 50000 francs de marchandises. Il m'a dit qu'il voulait compenser la perte de la veille. Mais, deux jours après, il n'était toujours pas rentré. Il avait disparu avec la marchandise et le pousse-pousse. J'ai décidé d'aller à son domicile.

Belibi habitait au quartier Elig-Effa. Dans ce quartier, ni les rues, ni les maisons ne sont identifiées. Pour aller chez lui, c'était compliqué. Je suis arrivé devant l'école des travaux publics, et j'ai pris la piste à gauche de l'école. J'ai marché environ 100 mètres jusqu'au café « sans crédit Bar ». Sur la droite, un temple de l'église « Jésus me connaît » de la révérende pasteur? qui s'est elle-même surnommée « la première femme de Jésus ». Je suis allé derrière ce temple et j'ai vu un manguier sous lequel une femme avait installé un moulin pour écraser l'arachide. Elle avait écrit avec le charbon de bois sur un carton « 25 francs pour écraser 1 kilo d'arachides. Il faut payer comptant, le crédit est mort hier, à cause d'une maladie grave qu'on appelle abus de confiance». J'ai continué tout droit, en suivant une ruelle étroite bordée de maisons croulantes et d'immondices méphitiques. Après environ 50 mètres, encore un grand tas d'ordures et à gauche, il y avait une maison en terre battue, avec une porte en bois décatie. Les murs penchaient tous à gauche comme si le mauvais esprit de la pauvreté les poussait pour tomber. C'était la maison de Belibi. Tout respirait la pauvreté dans ce quartier Elig-Effa. La mouise avait trouvé que le coin était bien et elle ne voulait plus déménager.

Belibi était assis sur un banc en bois, qui penchait dans le même sens que les murs de sa maison.

- Eh patron, tu es arrivé jusqu'ici ?

- Belibi, je veux ma recette et mon pousse-pousse.

- Patron, j'ai démissionné.

- Si tu démissionnes, tu me remets au moins mon pousse-pousse et ma recette ! De plus, avant-hier, tu as pris beaucoup de beignets pour vendre !

-Patron, je n'ai plus le pousse-pousse, si tu veux, tu vends la garantie que j'ai laissée chez toi.

- Quoi ? Ton vieux matelas ? Il ne vaut rien ! Rembourse-moi mon argent et mon pousse-pousse, sinon, on va au commissariat.

J'étais furibond comme un anophèle devant une moustiquaire. J'ai attrapé Belibi par le col de sa chemise et je l'ai amené au commissariat du quartier Melen.

Devant l'inspecteur de police, Belibi a avoué avoir vendu ma marchandise et mon pousse-pousse. Il a proposé à l'inspecteur que je vende son matelas. J'ai protesté que son matelas ne valait rien. L'inspecteur de police a proposé que je vende le matelas et que je revienne lui dire combien j'ai gagné. Après, il convoquera Belibi pour signer une reconnaissance de dette, pour me rembourser le reste d'argent en trois mois.

Je suis rentré chez moi très déçu. Perdre autant d'argent c'était catastrophique. Le matelas que Belibi avait déposé chez moi comme garantie était aussi vieux et fané que les murs de sa maison. Deux jours plus tard, un matin, un vendeur est venu me voir.

- Patron, j'étais chez Belibi hier soir, je l'ai trouvé en colère contre sa femme, il était en train de la battre.

- Je m'en fous, ce ne sont pas mes affaires !

- Patron, il parait que, quand Belibi vous a donné son matelas en garantie, sa femme n'était pas là ! Elle était partie dans leur village depuis deux mois pour faire un champ d'arachides.

- Je t'ai déjà dit que les histoires de Belibi ne me concernent plus !

- Sa femme est rentrée hier. Belibi lui a donné de l'argent, car c'est elle qui garde leurs économies. Elle a cherché le matelas partout. Belibi lui a dit qu'il vous avait donné le matelas en garantie. Elle lui a dit qu'elle avait fait un trou dans le matelas et y avait caché toutes leurs économies. Belibi s'est fâché, il s'est roulé par terre et il a voulu battre sa femme en criant comme un fou « Toutes mes économies sont perdues. »

- Quoi ? C'est vrai ton histoire ? J'ai jeté son matelas à la poubelle hier et le camion qui ramasse les ordures est déjà passé ! C'est bien fait pour Belibi, un escroc comme lui mérite ce qui lui est arrivé !

Le vendeur est reparti en hurlant « Mon Dieu, quelle malchance ! »

Dès que le vendeur est parti, j'ai couru dans la chambre où je conservais les objets déposés en garantie par mes vendeurs. Je n'avais pas jeté le matelas de Belibi. Il était là. Je l'ai regardé, je l'ai caressé comme on caresse une femme qu'on aime. Puis, je l'ai déchiré et j'ai trouvé 300000 Francs CFA entre deux souches. Je suis allé immédiatement au marché pour acheter deux pousse-pousse, deux sacs de farine, un sac de sucre et il m'en restait encore ! Toute la journée, je me disais que Belibi apprendra qu'il ne faut jamais abandonner un champ de maïs pour poursuivre un sac de farine.

J'ai envoyé cette histoire à Anna. J'avais hâte de recevoir sa réponse. J'espérais que ma nouvelle lui plairait. En même temps, j'avais peur aussi, car Anna était une professionnelle de la critique. Tout cela m'avait donné des insomnies. Alors, j'ai décidé d'appeler Guy Tally, mon meilleur ami. Il vivait à Yaoundé et était coordonnateur de l'Association Arc-En-Ciel Cameroun.

- Allo Guy, je te réveille ?

- Non, je ne dors pas encore. Qu'est-ce qu'il y a mon frère ?

- C'est mauvais mon frère, la poisse m'a photographié et caché la photo ! Ma vie sentimentale est sur répondeur. Anna veut me quitter à cause de maman.

- C'est pas possible. Raconte-moi tout. Demain, j'irai voir ta mère, tu sais qu'elle me considère comme son fils et elle écoute mes conseils.

J'ai raconté toute l'histoire à Guy. J'étais soulagé. A la fin de notre conversation, mon ami m'a dit :

- C'est pas bien compliqué ce qu'Anna te demande. Moi-même, je sais que tu sais raconter des histoires. Il faut seulement que tu les écrives.

- Guy, comment vous me demandez de faire l'écrivain alors que je ne suis pas un intellectuel ?

- Ecoute Eding, si tu veux faire revenir la femme que tu aimes, fais-lui plaisir. Tiens, tu te souviens de l'histoire de Noumani, le gars qui trouvait toujours que le meilleur moment pour faire quelque chose, c'était le lendemain ?

- Oui, je me souviens bien de cette histoire.

- Eh bien, c'est pas compliqué ! Écris cette histoire !

IL FERA BEAU DEMAIN

Esplanade du Palais des congrès de Yaoundé,
capitale du Cameroun,
Mercredi 12 novembre 2008, 10h30.

Un ciel sans nuage couvrait la ville de sa cape azur. Les flancs du mont *Fébé*, l'une des sept collines de Yaoundé, chatoyaient sous les caresses brûlantes du soleil. Les fourmis formaient une procession symétrique pour se mettre à l'abri. C'était la saison sèche.

Deux groupes de danses traditionnelles rivalisaient d'adresse au son du tamtam qui vrillait les tympans. Les danseurs transpiraient à grosses gouttes, le soleil dardait leur torse nu. Autour des danseurs, s'étaient agglutinés joyeusement des badauds et des vendeurs à la sauvette, béats.

Plus loin, dans le hall d'entrée du Palais des Congrès, se trouvaient des hommes et des femmes endimanchés, chahutés par la chaleur et l'humidité. Certains attendaient l'arrivée imminente du Ministre des Petites et Moyennes Entreprises, d'autres prenaient une pause café et discutaient tranquillement, un jus de fruit et une pâtisserie en mains.

De nombreux oisifs de Yaoundé profitaient des multiples manifestations qui étaient organisées au Palais des congrès, pour se restaurer gratuitement pendant les pauses. Dans des Ministères, tout était une occasion pour organiser une réunion au Palais des congrès ou dans des grands hôtels de la capitale. Pour ne pas sombrer dans la monotonie, les organisateurs des réunions savaient trouver des noms variés à leurs rencontres. Ils parlaient de symposium, atelier, congrès, colloque, forum, table-ronde, assemblées générales, séminaires… Tout le monde savait aussi que ces grandes manifestations constituaient une opportunité pour certains fonctionnaires d'avoir un salaire complémentaire grâce aux perdiemes qui étaient distribués aux participants, à la fin de chaque rencontre.

Ce jour-là, le ministre des PME clôturait le séminaire de formation à l'entrepreneuriat. Au cours de cette cérémonie, plusieurs promoteurs de PME recevraient un prêt de deux millions de FCFA pour créer ou développer leur entreprise.

Pourtant, dans le hall où régnait une tranquille allégresse, un seul homme était inquiet, c'était Jean Moussinga, le Directeur du programme de formation à l'entrepreneuriat, au Ministère. Il fit quelques pas vers l'extérieur pour téléphoner discrètement. Au même moment, une brise blasée dévalait les pans du mont *Fébé*.

Il respira doucement pour mieux apprécier les senteurs de la terre rouge de Yaoundé que le vent charriait depuis le sommet. Jean Moussinga était bilieux, car Noumani, un des lauréats de la journée, était absent. Après plusieurs tentatives infructueuses, Noumani fini par décrocher son téléphone.

- Où es-tu Noumani ? La cérémonie va bientôt commencer et tu es le seul absent.
- J'arrive, je suis en route, excusez moi monsieur Moussinga.

Noumani était un homme trapu, le crâne chauve comme un œuf. Ses yeux noirs, rappelaient la nuit pendant la saison des pluies. Il était l'unique employé de sa micro entreprise de transformation de fruits et légumes « Noumani Food ». Mais les affaires allaient mal. L'entreprise était au bord de la faillite et Noumani avait décidé de changer d'activité : il voulait exporter des oignons au Gabon. Il aimait prendre son temps pour faire les choses. Pour lui, le meilleur moment, c'était toujours le lendemain. Ce matin lorsque son épouse lui a demandé de se presser pour aller au Palais des congrès, il lui a répondu *« T'inquiète pas, j'irais dans une heure, j'ai tout mon temps, le Ministre n'arrive jamais à l'heure ».* Quand son épouse s'inquiétait des retards accumulés pour payer le loyer du local, de même, il répondait *« pourquoi se presser de*

109

payer aujourd'hui, si je peux payer demain ?». Un cas patent de procrastination.

En plus du retard de Noumani, Moussinga était encore tourmenté par la discussion houleuse qu'il avait eue la veille avec le Ministre des PME. Il souhaitait que les financements soient virés sur les comptes bancaires des lauréats, mais le Ministre avait décidé que l'argent devait être remis en espèces.

- Monsieur Moussinga, tout le Cameroun doit voir comment le Président soutient les jeunes créateurs d'entreprise. La télévision doit filmer comment les lauréats reçoivent leur argent. Toi-même tu sais comment les camerounais sont sceptiques, s'ils ne voient pas comment on remet l'argent en espèces, on va encore dire que le gouvernement a menti.

- Monsieur le Ministre, l'argent a horreur du bruit. Je pense que...

- N'insiste pas Moussinga. Ne compte pas sur moi pour alimenter quelque polémique que ce soit sur la réalité des actions du gouvernement. Tout le monde verra ce que nous faisons pour les créateurs d'entreprise. Fin de la réunion !

Le Ministre des PME arriva au Palais des congrès avant Noumani. Les danseurs redoublèrent d'ardeur. Tout le monde prit place dans l'auditorium. La cérémonie commença. Des discours dithyrambiques inondèrent le Palais des congrès. Tous louaient les œuvres du « premier camerounais, premier sportif, premier magistrat, chef suprême des armées, président du parti au pouvoir, le père de la nation, chef de l'Etat, chef du gouvernement, son Excellence Monsieur le Président de la République », en faveur des jeunes créateurs d'entreprise. Dans son allocution, le Ministre des PME a insisté sur le caractère remboursable des financements que le gouvernement octroyait aux jeunes créateurs d'entreprise. Noumani arriva enfin. Son penchant rédhibitoire à tout reporter à plus tard l'avait privé des discours du Ministre et des autres. Le Ministre invita les lauréats à le rejoindre pour recevoir leur prix. Chacun reçut son financement en espèces devant les caméras de la télévision publique. A la lecture des noms des heureux récipiendaires, les familles, amis et connaissances poussèrent des youyous dans la salle. Certains candidats ont même reçu des bouquets de fleurs de leur conjointe comme s'ils venaient de gagner une course cycliste !!!

Noumani compta et recompta son argent. Il souriait. Ses poches étaient lourdes de deux millions de Fcfa. C'étaient des liasses de 10 000 en coupures neuves.

La publicité faite sur l'évènement à travers les médias avait attiré de nombreux anonymes au Palais des congrès, parmi lesquels un homme âgé au visage émacié. Quand Noumani l'aperçut, il prit la direction des toilettes pour se cacher, mais l'homme l'interpella.

- Hey Noumani, c'est toi que je viens voir, j'ai entendu ton nom à la radio hier soir.

Le sourire qu'arborait Noumani disparut aussitôt. Ses lèvres dessinèrent un rictus sinistre.

- Bonjour mon frère comment ça va ? Je ne savais pas que tu venais ici au Palais des congrès.

- Donne-moi mon argent Noumani. Le mois dernier, tu es venu acheter des ananas dans mon champ pour fabriquer des jus. Tu ne m'as pas payé, pourtant ce jour-là, je t'avais bien vu avec de l'argent. Tu m'as dit que tu revenais le lendemain pour me payer et je ne t'ai plus revu.

- Viens me voir demain dans mon usine, je vais te payer mon frère.

- Non, Noumani, donne-moi mon argent tout de suite. Moi-même, j'ai vu avec mes propres yeux comment on te remet deux millions. Paye-moi, tout de suite.

- C'est pour acheter des oignons et aller vendre au Gabon, lui dit Noumani.

- Laisse-moi avec tes histoires d'oignons. Tous les jours tu renvoies les rendez-vous à demain, même quand tu peux le faire tout de suite. Je te connais déjà Noumani, donne-moi mon argent, ou alors, je te brutalise et tu seras ridicule devant les gens.

L'homme était en colère. Il était prêt à cogner. Mais, en réalité, le vieillard avait davantage l'âge de ses artères que celui de ses envies pugilistiques. Noumani n'avait pas peur de la rixe, mais il craignait le scandale.

Des badauds, lassés des ardeurs du soleil, abandonnèrent les groupes de danses traditionnelles et s'agglutinèrent autour de Noumani et de l'homme en colère.

- Viens mon frère, allons dans un endroit discret pour que je te donne ton argent.

L'homme hésita. Il ne voulait pas suivre son débiteur.

- Fais-moi confiance mon frère. Je ne peux pas sortir l'argent devant tout ce monde ! Insista Noumani.

- Non, je ne peux pas te faire confiance. Tu m'as déjà menti une fois. Un proverbe de mon village dit que « si la confiance existait, l'eau n'allait jamais bouillir le poisson quelle a hébergé depuis sa naissance ».

Noumani prit la main de l'homme et le tira loin du regard des badauds.

Quelques minutes plus tard, lorsque Noumani sortit du Palais des congrès pour rentrer chez lui, la somme reçue des mains du Ministre avait diminué de 250.000 FCFA.

Quand il arriva à son domicile, au quartier Mokolo, il y régnait une effervescence particulière. C'était la fête. Ses amis, sa famille et plusieurs anonymes étaient venus le féliciter.

« Félicitations», disaient certains, « le Président de la république a pensé à toi » criaient d'autres. Et tous se rejoignaient sur une phrase : « arrose, donne-nous à boire ». Noumani eu l'impression qu'il était une souris prise au piège. Le financement du Ministère avait ouvert des appétits. Il était coincé entre les intérêts d'un Ministre qui souhaitait communiquer sur les initiatives du gouvernement, les créanciers qui voyaient l'occasion de se faire rembourser et tous ceux qui pensaient que c'était l'opportunité de faire la fête. Le piège se referma.

- C'est un financement qu'il doit rembourser. Dit mollement la femme de Noumani, dépitée.

- Hey ! Ma sœur, est-ce que le Président de la République peut venir réclamer le remboursement à ton mari, dit une dame assise sur un tabouret dans un coin du salon.

- Mais non ! Le Président n'est pas une banque ! Renchérit un cousin de Noumani. Donne-nous à boire, ne fais pas le chiche.

- Vive le Président ! Cria quelqu'un devant la porte. Quand je vous disais que c'est un homme bien ! Voilà qu'il a pensé à mon petit frère ! Allez, donne-nous à boire !

La mort dans l'âme, Noumani sortit de l'argent et envoya son fils acheter à boire dans le bar en face. A la fin de la journée, le financement reçu des mains du Ministre des PME avait diminué de 350.000 FCFA.

Jeudi 20 novembre 2008,
quartier Mokolo à Yaoundé, 6h du matin.

Beignets et bouillie de maïs constituaient le petit déjeuner de Noumani. Il savourait encore ce repas substantiel lorsqu'il entendit frapper à sa porte.

- Ouvre-moi, criait une femme. C'était la présidente de la tontine des ressortissants de son village, à Yaoundé.

La femme entra et se planta au milieu du salon, fixant Noumani qui avalait un beignet de maïs.

- J'ai vu à la télé comment on te donnait de l'argent. Il faut que tu paies la tontine du mois dernier.

- J'ai dit que je vais payer la semaine prochaine, pourquoi tu viens aujourd'hui ?

- Non, mon frère, tu aimes trop renvoyer les choses. Donne l'argent de la tontine maintenant, puisque tu as déjà de l'argent.

- Cet argent c'est un crédit que je dois rembourser, il faut que j'achète des oignons pour aller les vendre au Gabon. Je t'assure Mme la présidente, après avoir vendu, j'aurais suffisamment pour payer la tontine.

- Noumani, tu blagues avec qui ? Hein ! Chaque jour tu renvoies à demain ! Paie maintenant. Tu as de l'argent, ne me dis pas le contraire, sinon, je vais au commissariat.

Noumani remit 150.000 Fcfa à la Présidente de la tontine.

L'épouse de Noumani qui avait assisté à la scène, se plaça devant son mari, croisant les bras sur la poitrine.

- Avant que cet argent que tu as reçu du Ministre ne finisse, va acheter les oignons, loue un camion et va au Gabon vendre ta marchandise. Sinon, j'ai l'impression que cet argent va te créer des problèmes.

- J'ai d'autres choses à faire ce matin, je vais m'occuper des oignons demain. Lui avait répondu son mari.

Trois jours plus tard, Noumani était au quartier Briqueterie. Il remuait la tête. Sa chemise était trempée de sueur. Son cou parsemé de veines gonflées par la colère. Il levait les bras au ciel, suppliant Dieu et ses ancêtres pour conjurer le sort funeste qui l'accablait. Il était devant le hangar de Moussa, le loueur de camion.

- Mon frère, dit Moussa. Je t'avais dit que je loue mes camions 300.000 Fcfa pour une semaine et c'est toi qui met le carburant et entretiens le chauffeur. Maintenant tu me dis que tu n'as que 200.000 Fcfa. Si au moins tu étais venu hier comme convenu, je pouvais encore te louer mon petit camion de 6 tonnes qui coûte moins cher, mais je l'ai loué hier soir.

Moussa tourna les talons et pris la direction de son bureau, signifiant ainsi à Noumani que la discussion avait assez duré. Dépourvu de compassion, quoique généreux, Moussa avait fait fortune dans la location des camions.

- Donne-moi alors un de tes camions que tu loues à 200.000 Fcfa avec un chauffeur. Lâcha Noumani. Je n'ai plus assez d'argent.

- Quoi ? Mais j'ai vu comment on te donnait de l'argent à la télé il y a quelques jours et tu me dis que tu n'as pas d'argent ?

- J'ai eu trop de problèmes, Moussa.

Le contrat fut conclu pour un camion de 200.000 Francs. Noumani le chargea de sacs d'oignons et prit la route pour le Gabon.

Lundi 24 novembre 2008,
Ambam, à 220 km de Yaoundé, à la frontière
Cameroun - Gabon.

Il faisait une chaleur à cramer les oignons. Noumani descendit du camion où il venait de passer la nuit. Depuis deux jours, le chauffeur était retourné à Yaoundé chercher des pièces et un mécanicien. La boîte de vitesse était cassée. Noumani tempêtait au téléphone. Le chauffeur venait de l'informer qu'il n'y avait pas la pièce qu'il cherchait à Yaoundé, il devait se rendre à Douala continuer les recherches.

En raison de la chaleur et de l'humidité, les oignons s'abimaient dans le camion. Une femme passa devant lui et se pinça le nez à cause de l'odeur irritante des oignons en décomposition. Noumani fulminait. Il jurait contre la malchance, le soleil, l'humidité, le camion de Moussa et, même contre les oignons qui étaient devenus invendables. Comment allait-il faire pour rembourser le financement du ministère des PME, et tous les créanciers qui l'attendaient à Yaoundé ? Il voulut appeler Moussinga, le directeur des programmes de formation au Ministère, qui l'avait aidé à obtenir le financement. Il se ravisa. Ce serait appeler le médecin après la mort.

Il prit la décision d'abandonner le camion et de rentrer à Yaoundé.

Yaoundé, lundi 1er décembre 2008

Le frère ainé de Noumani prit un coq rouge et noir. Il alla derrière la maison, prononça des onomatopées. C'était le rituel pour demander au devin si la personne méritait d'avoir une sépulture. La femme de Noumani avait informé sa famille et ses amis du suicide de son époux. Assise sur une natte au milieu du salon, elle avait présenté la lettre rédigée par Noumani avant son suicide. Il souhaitait que son corps soit immédiatement ramené dans son village natal avant le lever du jour. Ce qui fut fait.

Pleurs, commérages et cancans. C'était l'ambiance qui régnait au domicile de Noumani. La rumeur courrait. Elle allait des lèvres à chaque oreille de ceux qui étaient présents dans la maison de Noumani.

- Expliquez-moi mes frères comment, parmi tous les camerounais, c'est seulement Noumani que l'Etat a vu pour donner de l'argent ! Vous-même ne pensez-vous pas qu'il était dans une secte diabolique ? Dit un homme dans l'assistance.

- Pardon mon frère, ne parle pas à haute voix ! Le dehors est mauvais. L'affaire de Noumani est compliquée. C'est tout ce que je peux dire. D'ailleurs la nuit d'hier, j'ai fait un cauchemar dans lequel Noumani était tout de blanc vêtu et il avait beaucoup d'argent. Moi je dis que s'il s'est suicidé, lui-même sait dans quelle secte il a trempé ses doigts pour avoir beaucoup d'argent.

Une femme se mit à pleurer devant la porte de la maison. Elle noua un foulard noir autour des reins et s'assis dans la poussière en hurlant « Eh ! Ahanda, pourquoi tu es parti, pourquoi je suis restée seule dans ce monde, Mon Dieu où vont même les morts». Ahanda c'était son défunt mari.

- La femme-ci, laisse-nous tranquille, tu es toujours comme ça ! Tu vas à tous les deuils et au lieu de pleurer le mort, tu pleures ton mari ! murmura une autre femme.

Une semaine plus tard, Jean Moussinga était à Bertoua, dans la région de l'Est du Cameroun. Il avait la gorge sèche. Aussi décida t-il
120

d'aller étancher sa soif au « Grand Palace », le plus grand bar de la ville. A peine entré, il retira ses lunettes. Il pensait être victime d'une hallucination. Devant lui, le coude sur le bar, un homme discutait bruyamment en buvant une bière. C'était Noumani.

- Dis-moi que je rêve ! Noumani c'est bien toi ? Mais on m'a dit que tu es mort !

Noumani était aussi à l'aise qu'un voleur pris en flagrant délit.

- Non, monsieur Moussinga. Je suis vivant. Tout le monde me reprochait de toujours renvoyer les choses à plus tard. Cette fois-ci, j'ai décidé d'anticiper. J'ai anticipé ma mort. J'ai changé de ville et de vie. Cela m'a permis d'éviter mes créanciers. J'ai tout recommencé à zéro ! Non, je ne suis pas mort, c'est le renouveau pour moi, car comme dit un proverbe de mon village « ce que la chenille appelle la mort, le papillon l'appelle renaissance ».

Aujourd'hui, un événement inattendu s'est produit. En rentrant du travail, j'ai trouvé la voiture d'Anna au parking de notre immeuble. En prenant l'ascenseur, un florilège de questions se bousculait dans ma tête. Est-elle venue prendre ses affaires qui trainaient encore chez moi ? Est-elle venue se réconcilier ? J'avoue que je préférais cette dernière hypothèse.

En entrant, j'ai trouvé Anna assise devant mon ordinateur, en train de lire tout ce que j'avais écris jusqu'à hier soir. Anna se leva, elle m'embrassa. Mon cœur battait la chamade.

- Eh bien ! Je savais bien que je fréquentais un écrivain !

- Tu te moques encore de moi!

- Certes il y a des choses à corriger, mais je suis fière de mon éboueur qui écrit un livre. Bon cela dit, c'est pas non plus...

- Non plus quoi ?

- Je ne veux pas te décourager. Pourquoi tu n'écris pas l'histoire du moustique. C'est une histoire qui me fait toujours rire.

- Ecoute si ça peut te faire plaisir. Est-ce que je vais te perdre pour une histoire de moustique?

-Raconte-moi encore cette histoire, avant de l'écrire.

LES MOUSTIQUES ETAIENT MALINS

Hilaire n'aime pas les moustiques. Non. Cette petite bête avec ses six pâtes fragiles et son bec aussi fin et pointu qu'une aiguille est féroce. Pour Hilaire, si le moustique est un insecte barbare, sa femelle est la bestiole la plus dangereuse du Cameroun. D'ailleurs, il ne comprend pas pourquoi ses compatriotes ont autant peur du lion ou de la vipère. Est-ce que le pauvre lion tue autant de camerounais que le paludisme, transmis par la femelle du moustique ? Non. Hilaire se demandait souvent pourquoi le gouvernement a créé la gendarmerie, la police et même l'armée pour lutter contre les bandits. Ils avaient les pistolets, les mitraillettes, les kalachnikovs, les camions anti-émeutes et même les gaz lacrymogènes. Tout ça pour faire la guerre aux bandits. Maintenant les entreprises recrutent même des vigiles pour assurer leur sécurité.

Pour Hilaire, le gouvernement devait affecter la police, l'armée, la gendarmerie, les vigiles, les gardiens de prison et même les gardes forestiers avec leurs armes redoutables, à la lutte contre cette petite bête féroce, cruelle et n'ayant aucune pitié pour les pauvres camerounais : l'anophèle femelle. En plus ses piqûres sont démocratiques et irrespectueuses : elles piquent tout le peuple, le pauvre, le riche et même le président, chef suprême de toutes les armées du pays. Elle transmet le paludisme à tout le monde, les enfants meurent par milliers, les villages se dépeuplent, les écoles se vident.

Cette nuit, Hilaire n'en pouvait plus dans sa chambre au quartier Etetak à Yaoundé. Si au moins, ces moustiques sans-cœur pouvaient faire leur sale besogne en silence. Non, il faut qu'elles allument leur sirène assourdissante, juste au niveau de ses oreilles, pour le narguer avant de le piquer.

Hilaire jurait, criait au complot des Culicidae contre ses nuits. Il avait imaginé une conjuration des sorciers du quartier, qui auraient envoyé cette famille de moustique élire domicile dans sa chambre. Mais les moustiques ne comprenaient pas le langage des humains. Plus il jurait, plus les moustiques redoublaient d'ardeur dans leur quête de sang chaud.

Hilaire avait alors décidé d'utiliser de grands moyens. Nerveusement, il plongea son bras droit sous son lit. Il prit le « Timor ». L'arme fatale contre les moustiques, l'insecticide. Il alluma la bougie, car il y avait une coupure d'électricité dans le quartier. Il commença à asperger le « Timor » en balançant vigoureusement le bras droit à gauche, à droite, en haut, en bas. Silence dans la chambre. Plus de sirène de moustique. Hilaire souriait. Il avait gagné. Il éteint la lumière. Il avait bien travaillé. Il se recoucha dans son lit en bois. Tout travail mérite un salaire. Il secoua Marguerite son épouse, qui était restée couchée, impassible à l'assaut des moustiques. Hilaire voulait honorer Marguerite. C'est pas un petit moustique de rien du tout qui allait l'empêcher de remplir son devoir conjugal. Marguerite n'était pas insensible à l'idée de faire la chose-là, avec son mari. Les enfants dormaient déjà dans la chambre d'à côté.

Hilaire et Marguerite s'échauffaient encore dans le lit, avant de croiser le fer, quand soudain, une sirène stridente traversa leurs oreilles. C'était les moustiques qui annonçaient leur retour.

- Non ! C'est pas possible ! Je viens de pulvériser le *Timor* dans cette chambre ! Ça ne vous tue pas ? Non seulement vous tuez les camerounais avec le paludisme, maintenant vous voulez aussi causer des divorces entre les époux ? Vous ne pouvez pas nous laisser tranquille ? Hurla Hilaire.

Mais les moustiques qui ne comprenaient toujours pas le langage des humains, avaient juste fait un repli stratégique face à l'abordage du *Timor*. Et puis, les moustiques du quartier

Etetak, sont déjà habitués au *Timor*. Ils sont immunisés.

- Je t'ai déjà dit d'acheter une moustiquaire imprégnée. C'est plus efficace, mais toi tu aimes trop montrer que tu es un connaisseur, tu ne m'écoutes pas. Voilà les conséquences. Dit Marguerite.

- Moi je te dis aussi que je suis claustrophobe. Je ne peux pas dormir sous une moustiquaire, j'aurais l'impression de m'étouffer.

Hilaire se leva. Il ralluma la bougie. Il enleva son pyjama et se mit tout nu au milieu de la chambre.

- Me voici tout nu, debout au milieu de la chambre. Venez me piquer comme vous voulez, quand vous serez rassasiés, vous nous laisserez

tranquille.

Mais, les moustiques qui ne comprenaient toujours pas le langage des humains ont trouvé ça suspect. Les moustiques ce sont dit : soit c'est un piège tendu par cet homme au ventre bedonnant, soit c'est de la corruption. Tous les moustiques se sont regroupés dans un coin de la chambre. C'était pour se concerter sur l'attitude à adopter face à ce cadeau suspect. Le grand chef des moustiques a dit aux autres qu'il fallait toujours se méfier des humains et de leurs cadeaux. Et, de toutes les façons, un moustique qui se respecte doit gagner honnêtement son sang chaud, donc il fallait éviter le monsieur au ventre bedonnant au milieu de la chambre, et aller piquer la dame. Les moustiques ont dit que leur chef était sage et intelligent. La décision fut acceptée à l'unanimité par tous les moustiques qui étaient présents dans la chambre. Ils se sont tous dirigés vers Marguerite.

- Hééé ! Voici la sorcellerie ! Les moustiques de ce quartier ne sont pas simples ! Ce sont les sorciers qui les envoient. Dis-moi Hilaire, comment tu peux expliquer que tu es tout nu, les moustiques curieusement t'évitent et c'est moi qu'ils viennent piquer ! Ça c'est la sorcellerie. C'est quelqu'un qui les envoie pour nous faire du mal. On veut notre divorce !

- Tu aimes trop les histoires de sorcellerie. Je t'ai déjà dit que ce sont des mensonges, des conneries, ça n'existe pas !

- Tu es naïf Hilaire ! Tu es sûr que tu n'as pas une maîtresse dehors qui veut nous séparer ? Hein ! Pourquoi c'est quand on veut faire la chose-là que les moustiques arrivent dans la chambre.

- Il y a des moustiques partout dans ce quartier, et même dans tout le pays, pas seulement dans notre chambre ! Tu vois les sorciers partout depuis que tu es entrée dans ta nouvelle « Eglise du 7ème ciel » !

- Qu'est ce que mon église vient faire dans notre discussion. Hein ? C'est le diable qui te fait parler comme ça ! Tu veux m'éloigner du salut éternel ! Laisse-moi te dire une chose : heureusement que je fais des neuvaines de prières avec notre pasteur, sinon je suis sûre que les sorciers de ce quartier ou ta vipère de maîtresse auraient déjà tué mes enfants !

- Je n'ai pas de maîtresse, mais toi...

- Mais moi quoi ? Parle, vomis ton mauvais esprit qui te hante ! Dis ce que tu penses.

- Explique-moi Marguerite. Comment une église peut s'appeler « 7ème ciel » ? Tu sais ce que ça veut dire ? D'ailleurs, à partir de demain matin, tu n'iras plus faire des veillées de prière avec ton pasteur, parce que « 7ème ciel »... pour moi c'est suspect !

Marguerite n'a pas eu le temps de répondre à son mari quand ils ont entendu des cris dans la chambre de leurs enfants.

- Maman, papa, venez voir, pourquoi Sabina fait comme ça ?

C'était leur fille aînée qui les appelait. Hilaire se rhabilla. Les deux parents se précipitèrent dans la chambre de leurs deux filles.

Hilaire remonta la mèche de la lampe-tempête qui brûlait nonchalamment dans un coin de la chambre de leurs enfants.

- Qu'est-ce qu'il y a ? Pourquoi tu nous dérange la nuit, demanda Hilaire, en chassant un moustique qui passait à côté de son oreille.

- Sabina chauffe et elle balance les jambes.

Sabina, était entrain de convulser.

- Vite il faut qu'on aille à l'hôpital, dit Hilaire.

- Quel hôpital ? Hilaire, tu es vraiment aveugle ou bien tu fais semblant de ne pas voir ? Tu ne vois pas que ça c'est la sorcellerie ? ce n'est pas ce que je disais tout à l'heure ? Dieu me donne raison. Ce sont les sorciers qui veulent faire du mal à notre famille.

- Laisse-nous avec tes histoires de sorcellerie. Tu ne vois pas que ça c'est le paludisme ? Habille ta fille et on va à l'hôpital tout de suite.

- Je vais lui faire boire de l'eau bénite que le pasteur m'a donné l'autre jour. Tu vas voir comment ça va chasser l'esprit des sorciers qu'il y a dans son corps. Après on l'amène chez mon pasteur de l'église du 7ème ciel.

- Tu ne feras pas tes histoires-là avec notre fille.

Hilaire habilla Sabina, et ils prirent tous la route de l'hôpital.

Sur la route de l'hôpital marguerite continuait d'insister.

- Hilaire, c'est aussi ma fille. Et si elle meurt, je te jure que je te quitte. Parce que tu seras complice de sa mort. Je te dis qu'on l'amène chez le pasteur, le prophète Mbarga et tu refuses. Tu ne sais pas que l'homme-là fait des miracles ? Dieu lui-même lui parle ! Il voit le passé, le présent et l'avenir des gens. Quand il impose ses mains sur les gens, même les malades guérissent.

- On va d'abord à l'hôpital parce que je pense qu'avec tous ces moustiques qui nous piquent tous les jours, Sabina a attrapé le paludisme. Si tu veux, demain j'irai voir ton prophète avec toi, mais on va procéder à ma façon.

- D'accord ! Enfin tu deviens raisonnable.

- Je ne suis pas raisonnable, c'est parce que je ne veux pas que tu me quittes ou que tu m'accuses d'être complice de la mort de notre fille si jamais un malheur lui arrivait.

A l'hôpital, le médecin avait diagnostiqué une crise de paludisme aiguë chez Sabina. Mais Marguerite était sceptique. Le lendemain après-midi, Hilaire et marguerite se sont rendus à l'église du 7ème ciel. Mais Hilaire avait posé ses conditions à son épouse.

- C'est moi qui parle à ton faux prophète. D'ailleurs ça tombe bien, puisqu'il ne me connaît pas.

- Hey ! Pourquoi tu l'appelles « faux prophète » ? Toi-même tu vas voir les miracles que l'homme-là fait tous les jours. Tu verras qu'il y a beaucoup de gens qui vont chez lui, des gens plus instruits ou plus riches que toi ! L'homme-là est trop fort. Je te dis qu'il voit l'avenir, dès qu'il se concentre. Dieu lui-même lui parle.

Au temple de l'église du 7ème ciel du pasteur Mbarga, il y avait effectivement beaucoup de personnes. Des fidèles étaient assis, debout ou couchés.

Le pasteur Mbarga disait qu'il soignait les personnes malades et les non malades, car toute personne qui pensait être en bonne santé était un malade qui s'ignorait. Il disait que grâce à lui les pauvres devenaient riches et les riches encore plus riches car ceux qui pensaient être riches, ignoraient qu'ils étaient moins riches que quelqu'un, quelque part au Cameroun. Le prophète Mbarga disait qu'il aidait les agriculteurs qui n'avaient pas une bonne récolte et même ceux dont les récoltes étaient abondantes, car ils ignoraient que Dieu avait prévu que leurs récoltes soient encore plus considérables. Ceux qui avaient ratés leurs examens scolaires étaient les bienvenus chez le pasteur, et même ceux qui avaient réussi, car ces derniers ignoraient selon le pasteur Mbarga, que grâce à lui, ils auraient pu avoir la mention « Excellent avec les félicitations du jury et même du ministre de l'éducation ». Il était vraiment fort ce pasteur Mbarga. Il disait qu'il pouvait ouvrir les portes fermées et celles qui sont ouvertes car même si on voit une porte ouverte, elle peut se refermer. Et pour bénéficier des services du pasteur Mbarga, il n'y avait qu'une solution : acheter son eau bénite après une séance de prière. Les prix de l'eau bénite variait en fonction de l'acheteur et du volume achetée. Tout était bien organisé à l'église du 7ème ciel, chez le pasteur Mbarga. Le business de Dieu marchait à plein régime.

Puis, le tour d'Hilaire et de Marguerite d'être reçus par le pasteur Mbarga arriva. Hilaire prit la parole.

- Bonjour Pasteur, cette femme qui m'accompagne c'est ma voisine.

- Qu'est ce que tu racontes Hilaire ? Coupa Marguerite.

- Mais, voisine, on a dit au quartier que tu allais me laisser parler, que c'est moi-même qui allait expliquer la situation au pasteur.

- Laisse le parler, dit le pasteur.

- Je suis venu vous voir Pasteur, parce que ma voisine m'a dit que vous voyez le passé, le présent et même l'avenir. Que vous êtes en contact avec Dieu lui-même.

- Votre voisine a un peu exagéré, mais c'est pas faux ce qu'elle t'a dit. C'est quoi ton problème ?

- Mon problème est simple : depuis un an, ma femme m'a abandonné avec nos enfants, après dix ans de mariage. Je ne sais pas où elle est partie, nos enfants la réclame tous les jours. J'ai déjà fait des recherches partout, je ne sais même plus quoi faire. Si elle est morte, j'aimerais au moins savoir pour faire le deuil.

Le pasteur fixa Hilaire. Il ferma les yeux. Il prit une grande inspiration et respira doucement. Il se mit à faire une prière à voix basse. Il ouvrit les yeux et regarda à nouveau Hilaire avant de lui parler.

- Mon fils, pendant ma prière, pendant que j'avais les yeux fermés, Dieu m'a permit de voir ta vie. Je n'ai pas de bonne nouvelle pour toi. J'ai même vu ta femme. Elle est à Garoua, loin d'ici, au nord du Cameroun. Elle vit avec un homme, un musulman. Mais je peux encore arranger ce problème. Je peux encore faire que ta femme rentre ici au sud et vive avec toi. Pour cela il te faut de l'eau bénite. Tu vas la boire tous les matins, tu aspergeras quelques goûtes sur la photo de ta femme en prononçant ton nom. Elle recommencera à penser à toi, elle va quitter son musulman et elle reviendra.

Hilaire se leva. Il regarda sa femme. Il sourit. Marguerite évita son regard. Et Hilaire éclata de rire. Il regarda le pasteur Mbarga et lui dit.

- Monsieur vous êtes un escroc ! Voici ma femme, ici à côté de moi

Puis, Hilaire se tourna vers Marguerite, il lui dit :

- Tu vois marguerite, quand je te disais que tout ça c'est des conneries ! A partir d'aujourd'hui, finies les veillées de prière « l'église du 7ème ciel ». Ton pasteur est pire que les moustiques qui nous piquent tous les jours à la maison.

A la fin de mon histoire, Anna s'était levée. Je pensais qu'elle voulait rentrer chez elle. Mais elle s'était placée devant moi, debout. Elle me regarda, ses yeux dans les miens.

- Qu'est-ce qu'il y a, pourquoi tu me regardes comme ça?

- Eding, donc tu es avec moi à cause de mon derrière ? Ne discute pas je viens de lire ton manuscrit !

- Anna je t'aime, tu es le centre de ma vie. Tu es comme les jambes et moi je suis comme l'urine. Et comme tu le sais, quelque soit la longueur du jet de l'urine, les dernières gouttes retombent toujours entre les jambes quand un homme pisse debout. Quelque soit ce que je fais, où que je parte, mes pensées reviennent toujours vers toi.

- Toi, le gros éboueur, si c'est pour parler, tu parles bien, mais je ne vois pas tes actes d'amour. Jamais de cadeaux. Au début tu étais doux et attentionné, maintenant tu dis que c'est seulement mon derrière qui t'intéresse.

- Je n'ai pas dit ça !

- Je te taquine, tu sais que je t'aime. Maintenant que tu as commencé à écrire, je suis contente, il reste l'autre problème. C'est ta mère. Il faut que tu trouves une solution.

- Ne t'inquiète pas, mon ami Guy Tally va lui parler. Tu sais qu'elle l'écoute toujours.

- Voilà une bonne nouvelle. Etant donné que nous avons du temps, pourquoi ne me racontes-tu pas l'histoire que je préfère. Je suis capable de l'écouter mille fois celle-là.

- Quelle histoire ?

- L'histoire du gars qui avait fait un champ de tomates.

- Laisse tomber Anna. Je l'ai déjà racontée à tout le monde, tu crois que les gens voudront encore l'écouter ou la lire

?

- Je pense que oui, tu m'as dit que la dernière fois que tu es rentré dans ton pays, tu as cherché des nouvelles de ce gars.

LE CHAMP DE LA DISCORDE

L'histoire que je vais vous raconter, c'est Belinga lui-même qui me l'a racontée avec sa propre bouche comme on dit à Yaoundé.

Tous les samedis matins, j'allais jouer au foot sur le terrain bosselé, en terre battue de la Cité Verte, mon quartier. Mes coéquipiers et moi, tous trentenaires, on nous appelle « les vétérans ».

C'était donc un samedi matin, après le match, j'étais installé avec mes copains, en face du stade, pour la troisième mi-temps. C'était notre rendez-vous incontournable chez Mamie Makala qui vend des beignets de maïs. Je picorais des haricots rouges qui jouaient les sous-marins dans de l'huile de palme, accompagnés des beignets de maïs et d'un bol de bouillie à la farine de blé. Pour faire descendre ce repas roboratif, une bouteille de bière fraiche n'était pas loin de ma main. Mes coéquipiers disaient souvent *on a les goûts qu'on peut* !

Depuis ce jour, chaque fois que je mange des beignets-bouillie-haricots, je pense à Belinga et je suis triste. Si ce que je vous dis est faux, que ce verre bière que je m'apprête à avaler refuse de prendre le chemin de ma panse !

Belinga était un jeune chef d'entreprise agricole que j'avais aidé dans la création de son activité, il y a cinq ans environ, et je ne l'avais pas revu depuis deux ans.

C'est le silence brusque de mes amis assis auprès de moi qui me fit lever la tête. Je les vis décamper comme des souris en présence d'un chat. Ils cédaient le passage à un inconnu. Mais personne n'avait oublié son assiette et encore moins sa bière, avant de se sauver.

L'homme qui se dirigeait vers moi avait de quoi faire peur : sa barbe gargantuesque embroussaillait son col, son pantalon en tergal bleu avait un trou béant sur une fesse laissant entrevoir un caleçon rouge qui ne se rappelait certainement plus de sa dernière lessive. J'ai dû me pincer les narines pour éviter son odeur méphitique. Il avait noué les deux pans de sa chemise pour remplacer les boutons manquants. Ses cheveux ébouriffés viraient du marron au rouge, pleins de crasse, tel un pauvre fou.

L'aliéné écarta les bras pour m'embrasser en cognant sa poitrine contre la mienne, j'ai failli perdre mon équilibre. En essayant péniblement de me défaire de son étreinte et de ses sales paluches qui me pétrissaient le dos, je le reconnus.

- Mais, c'est Belinga ? Demandais-je en échappant à son étreinte.

- Oui mon frère, c'est bien moi. Je t'ai vu jouer au foot et j'attendais la fin du match.

- Qu'est ce que tu fais, habillé en haillon comme un givré ? Tu m'a fais peur !

- Mon frère, *laisse seulement, c'est fort sur moi, la vie m'a jeté à terre*, me répond Belinga.

- La dernière fois que je t'ai vu, c'était il y a deux ans environ, tu venais d'acheter trois motopompes et une camionnette pour le transport de tes tomates, tu voulais des conseils pour un nouveau plan de développement.

- Oui, il y a 5 ans c'est toi qui m'a conseillé de cultiver la tomate, quand je suis venu te voir dans ton Association. Tout marchait bien pour moi en ce moment-là.

- Mais que s'est-il donc passé ? Je m'inquiétais ; allait-il m'accuser de l'avoir mal conseillé ?

- Mon frère, donne-moi un peu de ta bière, ça fait longtemps que je n'en ai pas bu. Après je te raconterai mon histoire.

Belinga s'assis, et voici son histoire telle que lui-même qui me l'a longuement racontée avec sa propre bouche !

Pendant la saison des pluies à Bilik, mon village, les nuits sont ne sont comme ici en ville, il n'y a rien, pourtant il y a tant de bruits et de vie nocturne : le tam-tam des gouttes sur le toit de raphia, les bruissements de la forêt toute proche. Il n'y a personne dans la cour commune, nous dormons avec nos animaux dans la case en terre battue. Le chien dort près du poteau central, les coqs et les poules s'entassent sous les lits en bambou où Maman et moi dormons, les cochons d'inde passent la nuit près du feu dont les dernières braises se consument avant minuit. Le chat est aux aguets, prêt à attraper les souris dans le grenier à arachides au dessus de nos têtes.

Tout est noir. Pas d'électricité, aussitôt couchés, nous baissons la mèche de la lampe tempête pour économiser du combustible. La petite lumière vacillante de cette lampe éclaire la case jusqu'au matin. De temps en temps, je distingue le vol léger d'une chauve-souris audacieuse qui entre dans la maison à la recherche d'insectes.

Une nuit, je ne dormis pas, préoccupé par la décision que j'allais annoncer à maman le lendemain matin. Couché dans mon lit inconfortable, le crâne écrasé par la lourde cagoule de mes pensées dubitatives, je n'avais pas sommeil. Comment annoncer cette nouvelle à maman ? Le hululement d'un hibou posé sur le manguier troublait ma réflexion. J'ai toujours eu peur de ces oiseaux nocturnes. Lorsque j'étais gamin, il fallait sortir dans les ténèbres pour se soulager. Chaque fois, j'imaginais l'effrayant disque facial et le regard perçant qui m'observait dans le noir. Je tremblais d'effroi. Cette nuit encore j'avais peur, et immanquablement cela provoquait en moi une envie d'uriner.

Ce matin, comme d'habitude, c'est Maman qui m'a réveillé. Je m'étais endormi tardivement et dans mon sommeil abyssal, je n'avais pas entendu le coq chanter.

- Belinga, réveille-toi, il faut être prêt quand la voiture qui va à Yaoundé va passer, murmura Maman.

- Oui Maman.

- La semaine prochaine c'est la rentrée à l'université. Tu es tout mon espoir Belinga. Depuis que ton père et ta sœur sont morts pendant l'épidémie du cholera, je n'ai plus que toi. Pendant ces vacances tu m'as beaucoup aidé. Je te remercie. Après ton départ, je vais continuer de préparer des bâtons de manioc pour aller les vendre au marché de Mbalmayo. Avec cet argent tu ne manqueras de rien pour tes études à l'université. Tu dois réussir mon fils. Cette année tu fais la licence, je suis fière de toi.

Maman se dirigea dans un coin de la case, où était sa cachette, son coffre fort. Elle ramena une tirelire en bois, noircie par la fumée et vint s'assoir près de moi, elle sortit une clé de la poche de son *Kaba ngon*[3] et ouvrit la tirelire.

- Voici 150.000 Francs CFA, c'est la recette des bâtons de manioc. Je sais que ce n'est pas suffisant. Ca te permettra de payer une partie des frais de scolarité et le loyer de ta chambre.

Assis sur le lit, mon épaule frôlait celle de Maman. Je buvais ses paroles en hochant la tête pour approuver ce qu'elle disait, tel un margouillat qui cherche sa proie sous le soleil.

- Merci Maman, mais ça me fait mal de te voir te sacrifier pour moi. Tu ne vas plus à la chorale de la mission catholique ni à la réunion des femmes du village, comme tu le faisais quand papa vivait, parce que tous les weekends tu es au marché de Mbalmayo à vendre tes bâtons de manioc.

- Ma vie est derrière moi Belinga. Mon avenir, c'est toi, tes études sont ma priorité. Ton papa serait content de moi s'il était encore là.

Je poussais un soupir interminable pour trouver au fond de moi-même la force de lui révéler ma décision.

_____

[3] *Robe sac*

- Maman…

- Oui ?

Un silence, grand comme la conscience d'un coupable accompagné de sa meute de regrets, de remords et de doutes s'installa dans la case. Pourtant j'ai passé une partie de la nuit à réfléchir et j'avais pris ma décision. Mais ce matin, mes mots étaient devenus les fantômes de mes résolutions. J'étais muet. Des centaines de mots défilaient en désordre dans ma tête, se heurtaient et enfin peu à peu ils commencèrent à se transformer en paroles.

- Maman, je n'irai plus à l'université.

Silence dans la case, le coq chantait dehors, les premiers rayons de soleil commençaient à poindre par dessous la porte encore fermée.

Soudain, maman murmura par trois fois « Eh ! Olinga ». Olinga c'était mon papa, décédé une année plus tôt. Maman pleurait en silence. Son visage buriné, noirci par la fumée du feu de bois qu'elle allumait tous les jours pour préparer le manioc. Je lisais dans ces pigments bruns tous les efforts et l'acharnement dont elle était capable. Je me sentais coupable.

- Que vas-tu faire maintenant Belinga ? Tu veux rentrer vivre ici au village, boire l'alcool et fumer le chanvre comme tes cousins ? Tu vas aller chercher un travail à Yaoundé alors que tu n'as pas encore fini tes études ? Dis moi Belinga, que vas-tu faire ? Ton père voulait que tu sois un grand fonctionnaire avec de grands diplômes. Dis moi mon fils est-ce que je ne fais pas ce qu'il faut pour toi ? Connais-tu une veuve dans ce village qui fait autant d'efforts que moi pour son enfant ? Regarde mes mains Belinga. Regarde bien mes doigts que déjà l'arthrose déforme. Vois mes yeux, comment ils ont perdu leur éclat à cause de la fumée.. As-tu déjà dormi affamé un seul jour mon enfant? Te manques-t-il un seul livre?

- Justement maman, je ne veux plus te voir comme ça. Je veux te voir heureuse, je veux que tu profites de ton travail. Quant à moi, je vais rentrer à Yaoundé et avec cet argent, je vais aller dans une Association qui aide des jeunes à créer des entreprises.

- Mais quelle entreprise vas-tu créer avec 150.000 Francs ?

- Je ne sais pas maman. Mais même si je continuais à l'Université, je ne suis pas certain que je serais un grand fonctionnaire comme le rêvait papa. Pour réussir un concours de la fonction publique, maman il faut beaucoup d'argent. Même en épargnant pendant trois ans, tu ne pourrais pas réunir la somme que les fonctionnaires corrompus réclament.

- Je te soutiendrai toujours Belinga. Vas à Yaoundé faire ce que tu as prévu de faire. J'espère que tu as bien réfléchis. Mais avant d'ouvrir cette porte, comme tous les matins, on va prier la Sainte Marie.

Nous nous sommes mis à genoux, Maman en face de moi, les doigts de ses deux mains croisés soutenaient son menton. Je n'avais jamais prié avec autant de conviction comme ce matin-là.

Quelques heures plus tard, je me suis mis au bord de la piste de latérite pour attendre la voiture. Pendant la saison des pluies, seule une camionnette fait le transport entre Mbalmayo et notre village. En saison sèche, il faudrait une heure trente mais avec la pluie, je comptais au moins cinq heures et parfois une journée entière si les eaux avaient emporté les planches du pont en bois sur la rivière *Midzomzo.*

Lorsque la camionnette arriva à ma hauteur, je fis signe pour qu'elle s'arrête et j'annonçais ma destination. Le *motor boy*[4] me donna le prix à payer, c'est à prendre ou à laisser, de toutes façons c'est l'unique moyen de transport en cette saison. Au démarrage de la camionnette, maman me fit signe de la main gauche, tenant encore son chapelet de l'autre.

---

[4] *Apprenti conducteur*

Dans la camionnette à bout de souffle, nous étions entassés avec trois poules, deux moutons, un porc, des régimes de bananes, un sac de manioc, un autre d'arachides... Les hommes se cramponnaient debout à l'arrière, les femmes et les enfants étaient assis sur bagages les plus divers. Le véhicule s'était aussitôt mis en biais, le *motor boy* n'avait pas bien équilibré les bagages, la voiture penchait dangereusement. La saison des pluies avait fortement dégradé la piste. Des torrents avaient creusé des ravines de plus de cinquante centimètres et l'essieu arrière râpait le sol. Parfois, quand les roues avant rentraient dans une fosse profonde, l'essieu arrière se soulevait puis retombait dans un bruit épouvantable. Les amortisseurs avaient rendu l'âme depuis belle lurette. Ces secousses torturaient les fesses des femmes et des petits.

Au pont de *Midzomzo*, la rivière roulait ses eaux boueuses masquant le pont en bois. Le conducteur descendit et après avoir inspecté le cours d'eau il donna son verdict : « on peut passer, même si on ne voit pas le pont. Je connais le passage comme ma poche » ! A ces mots, j'avais envie de descendre de la camionnette. J'avais peur. Et, comme chaque fois que j'ai peur...j'avais envie d'uriner...

Une semaine plus tard, j'étais de retour à Bilik. Maman assise devant la case préparait des bâtons de manioc. Elle ne put retenir un cri en me voyant.

- Que s'est-il passé ? Pourquoi rentres-tu si vite ? Mais que fais-tu avec tous ces sacs ?

Maman a toujours eu cette fâcheuse habitude de poser plusieurs questions à la fois. Je m'empressais de déposer mes sacs, les bras meurtris par le poids des semences de tomates.

- Maman ne t'inquiète pas, tout s'est bien passé. Je suis allé dans une ONG qu'on appelle « Promotion de la PME Africaine » à Yaoundé. J'ai longuement discuté let responsable et il m'a conseillé de venir cultiver la tomate.

- La tomate ? C'est la tomate que tu veux faire ? As-tu déjà vu quelqu'un cultiver de la tomate ici à Bilik ? Mon fils, pourquoi tu t'es laissé entrainer dans cette aventure ? Comment vas-tu faire, tu ne sais rien de la tomate ? Est-ce que c'est ça que tu as appris à l'université ?

Maman était décidément championne du monde des questions en rafale ! Remplis de convictions et de certitudes, je devais absolument lui communiquer mon enthousiasme.

- Maman, pendant cinq jours j'ai fait une formation sur la culture de la tomate et la gestion d'une exploitation agricole. Et une fois par mois, pendant un an, je vais retourner à Yaoundé, pour me former en gestion. D'ailleurs, le monsieur qui m'a conseillé la tomate était tellement enthousiasmé par ma motivation qu'il m'a prêté 50.000 Francs de sa poche, pour compléter l'argent que tu m'as donné.

Le lendemain, j'ai commencé la culture de la tomate. J'avais prévu deux types de champs. Une parcelle d'un hectare de tomates qui produisent pendant un an et une autre d'un hectare et demi de cultivars à croissance déterminée, produisant beaucoup mais pendant 3 mois seulement, nécessitant moins de travail.

Ces deux premiers champs ont été faits dans d'anciennes cultures d'arachides de maman, en jachère. Je n'ai pas eu besoin d'abattre de gros arbres. Nous étions au début la grande saison des pluies qui dure trois mois, je n'ai pas eu de problèmes pour l'arrosage de mes premiers plants de tomates. Le responsable de l'ONG m'avait offert tout le matériel d'analyse du sol, mes champs avaient une bonne capacité de rétention de l'eau, limoneux, profonds et bien drainés. J'avais choisi des tomates hybrides F1, parce qu'elles résistent aux maladies. Ainsi je réduisais mes coûts en utilisant moins de pesticides.

Tout était idéal pour moi. J'étais heureux, motivé. Je travaillais onze heures par jour. Tous les soirs après mon travail, je faisais le tour des maisons du village pour collecter le fumier que j'utilisais pour fertiliser mes champs. En un mois et demi, j'avais préparé mon terrain et repiqué les premiers plants de tomates, bénéficiant des pluies qui tombaient tous les jours.

Quatre-vingt dix jours après les semis, je réalisais ma première cueillette. Mes tomates étaient grosses, rouges et rondes. C'était le bonheur pour moi. Grâce à mes deux variétés, je vendais des tomates toute l'année au marché de Mbalmayo dans un premier temps, puis je suis devenu grossiste au marché de Yaoundé, la capitale.

Au bout de trois ans, j'ai acheté à crédit une camionnette pour le transport de mes tomates, trois motopompes et tout le matériel nécessaire pour développer mes activités. J'exploitais maintenant sept hectares, j'employais douze saisonniers et trois permanents, parmi lesquels mon cousin Mani, mon meilleur ami d'enfance. Avec l'appui des conseillers de l'Ong, j'avais élaboré un business plan, lequel prévoyait d'accroître la surface de mon exploitation d'un hectare chaque année. On avait planifié l'achat d'un tracteur et je devais créer une unité de transformation de tomates à Bilik, pour sécher les fruits non calibrés ou abimés.

Socialement, beaucoup de choses avaient changé. J'avais démoli la case familiale et reconstruit une belle maison, il y avait l'électricité la nuit, grâce au groupe électrogène que j'avais acheté pour faire tourner mes motopompes.

Un matin, comme d'habitude, je me rendis chez mon meilleur ami et collaborateur Mani, pour programmer le travail de la journée. J'aimais beaucoup Mani, je lui faisais confiance. Il était bien et altruiste. Un jour, il avait donné sa montre à un enfant qui lui demandait l'heure.

Dès le seuil de sa porte, son fils de trois ans vint se cramponner à mes jambes. Je le pris dans mes bras et nettoyais ses joues baveuses avec la paume de ma main.

- Où est ton papa ?

- Il est parti chez tonton Nkoulou, il a dit que tu l'attendes, il va vite rentrer.

Sans tarder, Mengue l'épouse de Mani m'apporta quatre safous dans une écuelle avec un bol d'eau. Je fis passer mon impatience dans ce petit déjeuner rustique. Quelques temps après, Mani arriva.

- Bonjour Mani, Comment va Nkoulou ? Est-il toujours totalement dévoué à ses activités politiques ?

- Bonjour mon frère, c'est pour cela qu'il m'a invité tôt ce matin. Tu sais que c'est lui le président du Comité de base du Parti au pouvoir. Il organise une réunion des élites du village, cet après-midi, pour préparer la campagne présidentielle.

- J'ai entendu parler de cette réunion. Mais moi je n'irai pas, je n'attends rien de tous ces gens, quand j'avais besoin d'eux, personne n'a levé son petit doigt pour m'aider.

A mon propos, Mengue bougonna sur son tabouret, plissant les lèvres.

- Il faut y aller Belinga. Maintenant que tu es l'homme le plus fortuné de Bilik, tu ne peux plus éviter les réunions politiques du village.

A quatorze heures, la cour du chef du village était remplie des véhicules des fils du village installés dans des grandes villes du pays. Chez nous, en période électorale, les administrations sont bloquées et les bureaux des ministères sont vides. Tous les cadres qui se font appeler « les élites » font la campagne électorale dans leur village ; et pour prouver leur dévouement au Président de la République, ils mettront tous les moyens légaux ou non pour la victoire.

A Bilik, les populations étaient désenchantées par les promesses non tenues, alors la campagne électorale n'était plus une foire aux promesses, mais une occasion où on offre à boire et à manger à tous, pour les inciter à voter en faveur du Président. Ici, tout le monde milite pour le parti au pouvoir. Le mot « Opposant » confine à l'adversité, il est synonyme d'ennemi, de traitre à la cause du village.

C'est le Chef du village qui prit la parole en premier.

- Mes frères, mes sœurs, je vous souhaite la bienvenue. Le chef marqua une pause. Il balaya du regard toute la salle. Je vois que certaines élites de ce village ne sont pas venues. Cela m'attriste, dit-il en prenant un mouchoir dans sa poche pour éponger la sueur, qui noyait ses yeux.

- Des traitres ! clama une personne derrière moi.

Des chuchotements envahirent la salle. Mes voisins disaient « Eh ! Des vrais traitres ». Dans un coin une femme frappa ses mains une fois, puis se frappa la poitrine avec un rictus méprisant sur les lèvres, avant d'ajouter « ce sont des opposants ! » Des épithètes dédaigneux échappèrent des bouches des hommes et des femmes et s'envolèrent dans la salle, pour former une procession sombre, où l'obscénité et la vulgarité se disputaient la première place.

Le Chef frappa frénétiquement sur la table pour imposer le silence. Lorsque le calme revint dans la salle il reprit :

- Ecoutez, nous nous occuperons de ces opposants après l'élection. Vous-même vous savez qu'ils ne changeront pas. Ne perdons pas notre temps, un proverbe de nos ancêtres dit « à vouloir mordre une pierre, on perd une dent ».

La salle approuva par des applaudissements, et le chef du village continua :

- Je vais donner la parole au président des élites extérieures de Bilik que la direction du Parti a envoyé au village.

Le président des élites se leva pour prendre la parole. C'était un cousin de mon père, secrétaire général dans un ministère à Yaoundé, titulaire d'un Doctorat en philosophie, il aimait qu'on l'appelle « docteur ».

- Merci Chef. Je ne vais pas aller par quatre chemins pour vous dire que nous sommes ici pour donner au moins 90% des voix au Président et réunir des fonds.

Après plusieurs interventions dans la salle. Je pris la parole.

- Je ne comprends pas ce que vous êtes venus faire à Bilik. On ne vous voit que pendant les enterrements et la campagne électorale. Quand je vois toutes les grosses voitures garées dehors, je pense que vous auriez pu faire des économies en faisant du covoiturage.

Silence. C'est le secrétaire général qui mit fin au silence en reprenant la parole.

- Qui es-tu pour faire un tel discours devant des grands types comme nous ? Tu veux nous donner des leçons ?

Un autre participant à la réunion, parmi « l'élite extérieure » prit la parole avec un téléphone portable dans chaque main symboles de son importance.

- Toi Belinga ! Tu penses que tu es qui ? C'est ton argent qui te monte dans la tête ? Tu as été incapable d'obtenir ta licence !

Du regard, je fis le tour de la salle avec pour vérifier la présence de Maman. Elle n'y était pas. C'était la seule personne qui pouvait m'empêcher de parler.

- Mes chers parents, frères et sœurs. Je ne vais pas vous faire perdre de votre précieux temps. Je vais juste vous dire que je ne donnerai pas un seul sous pour cette campagne électorale. Rien ! Quand à vous « élites extérieures », sachez que je n'ai pas besoin d'avoir un doctorat en philosophie, pour faire l'ontologie de la misère, que je vois tous les jours dans ce village. Que faites-vous pour développer notre village ? Moi je donne du travail à quinze personnes à Bilik !

J'étais en colère contre toute cette « élite extérieure », au comportement égotique, qui ne pense qu'à la réélection du Président pour assurer leur maintien aux postes qu'ils occupent. Je ne maîtrisais plus le flot de mes paroles. Toute la salle m'écoutait, cela m'encouragea à continuer.

- Il y a cinq ans, lors de la dernière campagne présidentielle, vous avez mis une plaque à l'entrée du village annonçant les travaux de construction de notre route. Depuis cinq ans, mes frères, avez-vous vu cette route ? Savez-vous que j'ai perdu un contrat important avec un supermarché de Yaoundé à cause de cette route ? Au lieu de trois heures, j'ai mis douze heures pour arriver à Yaoundé, parce que la pluie avait rendu la piste impraticable. Le responsable du supermarché m'a dit qu'il ne pouvait pas faire affaire avec quelqu'un qui n'honore pas ses rendez-vous.

- Ferme ta gueule, hurla le secrétaire général !

- Je vais me taire et rentrer chez moi. Mais avant, retenez une chose : je ne milite pas dans votre parti. Mon seul parti ce sont mes champs de tomates et mes tomates ne font pas de politique ! Répliquai-je fermement.

Au moment où je quittai la salle, j'entendis le secrétaire général hurler en furie :

- Toi, Belinga, on va chercher d'où sort cet argent qui te monte à la tête, pour que tu méprises ainsi des grands types comme nous !

Que voulait-il dire ? Allait-il envoyer le service d'impôts contrôler mes activités ? Pensait-il que mes activités étaient louches ? Je n'ai jamais eu de réponses à ces questions. Chacun à Bilik avait son interprétation des propos du « Docteur » et, c'est là où mes ennuis ont commencé.

Le lendemain, il n'y avait qu'un sujet de conversation au village, c'était mon intervention à la réunion des élites. Mes propos et ceux du président des élites ont été déformés. Certains disaient « c'est vrai, son argent est louche », d'autres n'hésitaient pas à affirmer que j'étais membre d'une secte. Toutes ces affirmations étaient suivies de sordides arguments, dénués de tout fondement. Maman était inquiète mais, moi j'écoutais tout cela comme un chien écoute la musique, sachant qu'il ne sait pas danser. J'étais indifférent.

Mon cousin Mani avait deux passions : la pêche et la chasse. Trois jours plus tard, il était allé à la pêche. On retrouva son corps inanimé six kilomètres plus loin, sur la rive de *Midzõmzo*.

A Bilik il y a trois catégories d'habitants :

Il y a ceux qui ne s'intéressent pas aux ragots et vaquent à leurs activités.

Ensuite, il y a ceux qui savent tout ce qui s'est passé, ou se passera au village. Ils peuvent vous prédire votre avenir alors qu'ils sont ignorants et si ce qu'ils avaient prédit ne se réalise pas, ils vous diront ce qui se passera, quand ce qu'ils avaient prédit ne se réalise pas. Ils ont toujours raison. Eloquents, leurs paroles sont ponctuées de proverbes. Mon oncle Samba était de ceux-là.

Enfin, il y a ceux qui diffusent les rumeurs au village. C'est toujours sur le ton de la confidence, un brin de conviction dans les yeux, qu'ils vous confient dans un murmure, un secret. Avant de vous parler, ils s'assurent d'abord que personne d'autre n'écoute, cela donne du poids à leur secret. Ils finissent souvent leurs propos par « je ne t'ai rien dit. Ma tante Mintsa était de ceux-là.

Après la mort de Mani, une rumeur sourde parcourait le village. Elle entrait dans toutes les cases, elle parcourait les champs, elle hantait toutes les conversations. C'était l'œuvre de Samba et Mintsa. Selon cette rumeur, j'étais à l'origine de la mort de Mani. La rumeur disait que j'appartenais au *Mbgeul*, une confrérie mystique de sorciers capables de vivre dans ce monde le jour, et dans un autre monde parallèle la nuit. J'aurais signé un pacte occulte avec des esprits. Les gens disaient que j'ai vendu Mani aux esprits, d'où l'origine de ma prospérité soudaine.

En moins d'un mois, j'étais devenu victime d'un emballement délirant de la rumeur et de la superstition, exégèses métaphysiques de ma fulgurante ascension sociale. J'étais triste et impuissant. Seule Maman acceptait encore de venir travailler dans mes plantations. Tout le monde avait peur de moi. Même ma voiture faisait peur aux enfants du village. Pendant les trois nuits qui ont précédé l'enterrement de Mani, je n'avais pas eu plus de deux heures de sommeil. J'étais fatigué, j'avais des difficultés de concentration, une envie de pleurer et mal à la tête. C'était le début de ma dépression.

Le jour de l'enterrement de Mani, le chef du village a fait venir un pasteur de « l'église éveillée des soldats du Christ ». Ce pasteur était le fondateur de son église, nouvellement installée à Bilik. Il prétendait avoir eu une révélation de Jésus lui-même qui lui aurait demandé d'être son soldat sur la terre ! Le pasteur était habillé d'une aube blanche avec une chasuble verte et une étole rouge. A son cou, pendait une croix en bois, aussi grosse que la mauvaise foi que je lisais dans son regard et qui se nourrissait de la crédulité candide des habitants de Bilik.

Le Chef du village avait refusé le cercueil que j'avais acheté pour enterrer mon meilleur ami. Il prétendait que j'y aurais mis mes gris-gris. On avait installé le cercueil de Mani au milieu de la cour et, le pasteur se plaça devant, pour prendre la parole.

- Moi, Mbarga Yossep, vous savez que j'ai eu la révelation du Très haut ! Rien ne peut me dépasser. Au nom de Jésus Christ, avant d'enterrer ce jeune, nous allons savoir ce qui l'a tué !

Toute la foule à l'exception de maman cria « Alléluia ». Mon oncle Samba leva le doigt pour prendre la parole.

- Je pense que la mort de Mani n'est pas naturelle ! Mani était un grand pêcheur. Il savait nager, comment expliquez-vous qu'il meure noyé ?

Samba croisa ses bras sur son dos, prit une pause avant de continuer.

- Un proverbe de nos ancêtres dit « Invite le diable dans ta maison, il te mènera en enfer ». Samba balaya la foule avec son regard plein de conviction, cherchant l'approbation de son auditoire. Tout le monde cria : « héééé ! » Réconforté par ces cris d'acquiescement, il poursuivit.

- L'autre jour alors que la nuit se couchait dans le village, j'étais venu chercher mon vin de palme dans la forêt. Vous ne pouvez pas imaginer ce que j'ai vu ! J'ai vu un Blanc, la nuit dans le champ de tomates de Belinga ! Un blanc, ici au village ! Vous pensez que c'était quoi ? Moi, je vous dis c'était un esprit ! Il discutait avec Belinga. Je pense que c'est ce jour-là qu'il a vendu Mani aux esprits.

- Ekiéééé ! Cria la foule

Entendant cela, j'avais bondi de mon siège pour prendre la parole.

- Samba, le Blanc que tu as vu, c'est le Directeur de l'Ong. Il venait visiter mes champs de tomates, parce que c'est son Association qui va m'aider pour la création d'une usine de transformation de tomates. Il est arrivé la nuit à cause du mauvais état de la route. Au lieu de te cacher tu aurais dû venir nous saluer !

- Qui ? Moi ? Pour que tu me vendes aussi ? Jamais ! Reprit Samba.

Ma tante Mintsa se leva à son tour pour prendre la parole.

- Belinga dis-nous la vérité ! Tu es l'enfant de notre sœur. Expliques-nous comment seulement avec des tomates tu peux acheter une voiture, construire une maison, acheter un groupe électrogène et avoir autant d'argent. Maintenant tu parles d'usine ici au village. Seulement avec la tomate ? Tout ceci juste après la mort de ton père et de ta sœur le même mois ! Dis-nous si tu ne les as pas vendus pour avoir autant d'argent ?

Mintsa leva ses deux mains au ciel avant d'ajouter :

- Pasteur, moi je n'ai rien dit ! J'ai seulement posé des questions, il ne faut pas que les gens disent partout que Mintsa a dit ceci, Mintsa a dit cela !

Samba reprit la parole. Le démiurge de la rumeur continuait de cracher son venin.

- Explique nous Belinga comment même quand tu es couché chez toi, il y a toujours des travaux dans tes champs. Tu crois qu'on entend rien, qu'on est aveugle ? Toute la nuit on entend le bruit dans tes champs de tomates. Moi je pense que ce sont les gens que tu as vendu aux esprits qui viennent la nuit, travailler dans tes champs. Son venin évacué, Samba alla s'asseoir.

- Personne ne travaille la nuit dans mes champs. Le bruit que vous entendez pendant la saison sèche, c'est le bruit des motopompes que j'ai programmées pour arroser mes tomates une partie de la nuit !

Une clameur s'éleva dans la foule. Certains disaient « quelle motopompe même ! » d'autres murmuraient « prends nous pour des idiots ». Derrière moi, quelqu'un dit « qu'il quitte le village, il a tué son père, sa sœur, son ami et à qui le tour maintenant ? Sauve-nous pasteur !»

Alors, j'ai commencé à paniquer. Le monde, mes rêves s'effondraient. J'avais mal à la tête.

Le pasteur prit la parole. Il demanda qu'on m'attrape et qu'on m'attache les pieds et les mains avec une corde. Il allait chasser le mauvais esprit qui était en moi.

On me ligota. Le pasteur posa sa grosse croix en bois sur ma tête. Je pleurais, j'avais peur. Je sentais des fourmillements aux mollets qui montaient sournoisement et vinrent s'échouer dans mes reins. J'avais envie d'uriner. Quand j'ai peur, j'urine… Des spasmes parcouraient mon corps. Je perdis connaissance. Juste avant de me pâmer, j'entendais le pasteur crier :

 - Voilà son mauvais esprit qui s'enfuit par l'urine ! Alléluia !

La foule criait « Amen ! Amen » en levant les bras au ciel.

C'est ainsi que je me suis retrouvé ici à Yaoundé, sans argent. J'étais persona non grata dans mon village. J'ai toujours mal à la tête, j'ai peur de tout, parfois je parle seul, je ris, je danse au milieu de la rue. Tout le monde m'appelle « le fou ». Le jour où j'ai repris connaissance, en ville, je m'étais rendu chez mon oncle qui habite au quartier Mvog-Ada. Dès que je suis entré dans sa maison, tout le monde a fui. On a peur de moi. Mon oncle en me voyant a crié :

- Belinga, pourquoi moi ? Pourquoi tu es venu chez moi pour me vendre aux esprits ? Qu'est ce que je t'ai fait ?

Sa femme m'a chassé de la maison à coups de pierres.

Pour manger je ramasse ma pitance dans des poubelles. J'aime aller au marché de Mvog-Mbi car là-bas, les revendeuses jettent souvent des avocats pourris dans la poubelle et je les ramasse pour manger.

Un jour, pendant que je ramassais des avocats avariés au marché, j'ai entendu des femmes de Bilik parler. L'une d'elles disait en parlant de moi :

- Ton affaire-là n'est pas simple. Toi-même tu sais ce que tu as fais. Quand on vous dit qu'il ne faut pas prendre des raccourcis pour avoir de l'argent. Voilà que les esprits t'on rendu fou pour te punir, parce que tu ne leur as pas fourni les gens que tu avais promis. Alors que tu avais déjà pris leur argent.

La rumeur et la superstition continuaient d'être à mes trousses, même dans ma folie.

Désormais quand je veux des nouvelles de Bilik, je vais au marché, où les femmes de mon village vendent des bâtons de manioc. J'écoute et j'entends tout, en fouillant les poubelles. J'ai appris que Maman est morte, elle était à ma recherche et un véhicule l'a écrasée. A Bilik on a dit que je l'avais déjà vendu aux esprits avant de devenir fou. »

Voilà l'histoire de Belinga. C'est lui-même qui me « l'a racontée avec sa propre bouche ». Voilà pourquoi, quand je croise un fou qui arpente les rues, sous le soleil ardent de Yaoundé, je lui file toujours un sou. Car, des Belinga, il y en a des dizaines dans la capitale du Cameroun.

A la fin de mon histoire. Anna avait les yeux humides. Elle a toujours cette réaction chaque fois que je lui raconte cette histoire de tomates. Je vous l'ai déjà raconté à certains d'entre vous, mais c'est Anna qui insiste pour que le vous la raconte encore. Moi, je ne voulais pas et je pensais avoir raison, mais Anna dit que c'est elle qui a raison. D'ailleurs est-ce que la raison habite une seule tête ?

D'autres nouvelles du même auteur:

- La nomination (Edilivre)
- Une vie de Pygmée (Edilivre)
- Pourquoi les Pygmées n'aiment pas l'eau potable (Edilivre)
- En attendant la saison des pluies (Edilivre)